D1784435

JANDIRA KAPAPELO

ANAMNESES DE TI

FICHA TÉCNICA

Publicadora: Penacidade Words and Worlds

A Penacidade W's&W's é uma publicadora de obras de ficção e não-ficção, principalmente nas línguas portuguesa, espanhola, francesa, italiana, romena, alemã, inglesa e neerlandesa
Tem como seu fulcral objectivo a publicação de um novo livro a cada três meses
Contacto» linkedin.com/in/penacidade-words-and-worlds-8a16a217b/

Editor de Capa: Benevides Bahu

Fotógrafo profissional com uma carreira de mais de 10 (dez) anos
Assinou a fotografia em "As Receitas do Conde, 2018" de Conde dos Bolos, pela Editora Acácias
Assinou a capa em "Tsháhua Tsháhuilê, 2018" de Luís Rosa Lopes pela Editora Acácias, em "Cristianismo Hoje, 2019" de João Florentino pela Editora Mundo da Fé, em "Segredo dos vencedores, 2019" de Edgar Álvaro pela Edi-publicações, em "Pais brilhantes, professores fascinantes, 2020" de Augusto Cury, pela Editora Acácias
Contacto» instagram.com/benevides_bb

Autora: Jandira Kapapelo

Licenciada em Gestão pela UAL (Universidade Autónoma de Lisboa @Lisboa-Portugal)
Tem os mestrados em Contabilidade pelo ISCAC (Coimbra Business School @Coimbra-Portugal) e em Marketing pelo ISG (Instituto Superior de Gestão @Lisboa-Portugal)
Começou a escrever pequenas histórias ainda em criança, quando a mãe a mandava fazer cópias para melhorar a caligrafia e os erros ortográficos
Publicou "100 Dias ao Teu Lado, 2015" pela Chiado Books

JANDIRA KAPAPELO

ANAMNESES DE TI

PENACIDADE WORDS AND WORLDS

ANAMNESES DE TI

O conteúdo desta obra é de inteira responsabilidade da autora

ANAMNESES DE TI

TRAÇADO CONCEPTUAL

A toda a obra publicada pela PENACIDADE W's&W's damos uma identidade que a distinguirá das demais. Cada traço dessa identidade será apresentado aqui.

O design interior seguiu a seguinte norma:

a)o número total de páginas é número múltiplo de 2 (dois)

b)todos os conteúdos iniciam em página ímpar

c)conteúdos terminados em página ímpar são procedidos de 1 (uma) página par em branco

d)conteúdos terminados em página par são procedidos de 1 (uma) página ímpar em branco e 1 (uma) página par em branco e)os conteúdos estão divididos entre elementos pré-textuais, elementos textuais e elementos pós-textuais, estando a sua discriminação claramente presente no Índice

f)as fontes (tipos de letra) usadas foram ADOBE GARAMOND PRO (tamanhos 10,5; 11; 12; 14; 18; 20; 26 e 36) e FOOTLIGHT MT LIGHT (tamanhos 15; 28)

g)a ficha técnica é o exo-elemento do design interior

h)da ficha técnica constam somente dados da publicadora PENACIDADE W's&W's, do editor de capa BENEVIDES BAHU e da autora JANDIRA KAPAPELO

i)em todos os exemplares teremos o prefácio, a dedicatória, o traçado conceptual e a ficha técnica na língua-mãe
j)o conceito de capa deste livro é HARDCOVER, FULLCOVER.

Esta obra literária enquadra-se nas seguintes categorias:

LÍNGUA-MÃE - **Português**
LÍNGUA - **Português**
GÉNERO - **Drama**
FORMA - **Romance**
TIPO – **Adultos**

Esta obra literária está disponível nos seguintes formatos:

(ELECTRONIC BOOK – LIVRO ELECTRÓNICO)

PDF
EPUB
MOBI

(PRINTED - IMPRESSO)

6,00x9,00 in (capa mole / capa dura / capa dura, protecção)
14,8x21,0 cm (capa mole)
15,0x23,0 cm (capa mole / capa dura / capa dura, protecção)
15,2x22,8 cm (capa mole / capa mole, abas)
15,5x23,5 cm (capa mole / capa dura)

Apesar do fim comercial desta obra, a publicadora PENACIDADE W's&W's e a autora JANDIRA KAPAPELO pretendem que a mesma possa servir de guia, de inspiração, e, acima de tudo, de veículo para a eficiente compreensão de textos desta natureza.

Caríssimo(a) leitor(a), estamos profundamente gratos pela sua leitura. E que este não seja o nosso último livro a ser lido por si.

Atenciosamente,

PENACIDADE WORDS AND WORLDS

JANDIRA KAPAPELO

ANAMNESES DE TI

ÍNDICE

ELEMENTOS PRÉ-TEXTUAIS

ELEMENTOS TEXTUAIS

ANAMNESES DE TI

DEDICATÓRIA

A meu pai.

ANAMNESES DE TI

Joana

Joana estava sentada num banco de rua, com o seu teste na mão. Não conseguindo acreditar que dera positivo.

Ela tinha a vida perfeita. Com apenas vinte e sete anos já havia alcançado um doutoramento em Economia e trabalhava como financeira numa das melhores empresas do país.

₃ Como é que aquilo aconteceu? Porque foi ela envolver-se com um total estranho, sem ter o cuidado de, pelo menos, usar o preservativo? Sendo uma mulher inteligente, como foi ela cair numa das piores armadilhas que o mundo pode causar?

Joana não sabia o que pensar, nem como conter a dor no seu coração, nem as lágrimas que não paravam de sair.

Como é que aquele lindo homem fez aquilo com ela? Ele parecia o homem perfeito, era inacreditável que ele lhe transmitiria esse grande mal.

6 Joana pensava em como iria ela conseguir encarar as pessoas. Iriam chamá-la de prostituta, de mulher sem valor, que dorme com qualquer um. Principalmente o seu pai, que sempre educou os seus filhos para casarem virgens. Mas, por azar, um é drogado e já foi afastado da família e agora Joana que tinha a pior doença de todas. Parece que a única santa é realmente Camila, a irmã mais nova de Joana,

e, por ironia do destino, nunca se deram bem.

Camila, a santa que só gosta de criticar as pessoas. O que acontecerá quando ela descobrir? E ainda o olhar de desilusão da mãe.

Quando pensou na mãe, Joana ficou ainda mais aflita.

9 Joana retirou suas botas pretas e colocou-as por cima do banco em que se sentava. Estava imenso frio, mas, mesmo assim, ela ficou apenas de meias. Retirou o sobretudo vermelho, ficando apenas com uma camisa e umas calças pretas de napa. Abriu a mala e tirou uma caderneta, estava disposta a acabar com a sua vida.

Joana preferia morrer a encarar a sua família. Ela não queria ter que viver sozinha para sempre. Sem ninguém, porque todos sentiriam medo dela.

Retirou ainda um elástico azul e prendeu os seus cabelos castanhos lisos. Pegou numa caneta e ficou a pensar no que poderia escrever, mas não surgia nada na sua cabeça. Como explicaria ela às pessoas o motivo do seu suicídio? Deveria mentir? Deveria falar a verdade?

Naquele momento, Joana estava bastante confusa para decidir alguma coisa.

12Colocou de lado o papel e a caneta que tinha nas mãos e começou a chorar novamente. E, descalça, levantou-se e começou a caminhar, desde a Avenida até ao Terreiro do Paço. Olhou para o rio e era a forma mais rápida de acabar com a sua vida. Não havia ninguém, era a oportunidade certa.

Quando se aproximou, o seu coração doía ainda mais, não conseguia pensar, tinha medo de morrer.

Tinha medo de morrer mas também tinha medo de viver. Deu um pequeno passo, mas não conseguia. Deu um enorme grito, numa tentativa de acalmar o seu coração e a sua mente, e sentou-se chorando, por não conseguir acabar com sua vida. Nem isso ela conseguiu. Só mais um passo e tudo acabaria, só mais um passo e a sua dor desapareceria, mas Joana não conseguiu e isso deixou-a ainda mais frustrada.

O seu coração doía tanto que, naquele momento, ela só queria a presença de alguma pessoa que ela conhecesse. A sua mãe, o seu pai, alguém que pudesse dar-lhe um abraço e dizer que está tudo bem. Que não era o fim do mundo.

Mas a rua estava gelada, e sem uma única pessoa a passar por lá.

15Joana, a tremer, começou a caminhar em

direcção à sua casa. Descalça e sem casaco e sem mala. Deixou-se ir assim mesmo. Naquele momento parecia que o frio não a afectava.

Chegou à casa e lembrou-se que não tinha as suas chaves, e que era impossível, pelo menos àquela hora, ela entrar. Voltou mais uma vez para a Avenida em busca da sua mala que, por sorte, encontrou. E parecia intacta. Decidiu apenas levá-la, deixando para trás o casaco e as botas.

Dias depois Joana estava radiante. Tinha acabado de ser promovida e decidiu sair com a sua melhor amiga, Marta.

18Joana tinha acabado de pintar os seus cabelos de castanho, para não ficar sempre com o preto e os seus olhos azuis pareciam menos carregados, mas isso não a incomodou. Colocou um vestido preto que marcava as suas curvas e mostrava as suas pernas, que pareciam duma grande atriz, a Rossana Ferreira. Com os cabelos soltos, que a deixavam ainda mais linda.

Marta sempre foi uma cópia de Joana. Elas sempre disseram que eram irmãs, mas nascidas de mães diferentes, já que as suas fisionomias eram idênticas. Apenas os olhos eram diferentes, já que Marta tinha olhos castanhos. Mas os corpos e os cabelos eram idênticos.

Marta também colocou um vestido que deixava as suas curvas bem marcadas e mostrava as suas pernas lindas. Ao contrário da amiga, ela sempre permaneceu morena, com os seus cabelos pretos como os de uma índia, ficando um pouco diferente de Joana.

Elas foram até ao bar da discoteca e pediram bebidas, estavam dispostas a beber. Embebedarem-se até não poderem mais.

21- Meu Deus! Um giraço está a olhar para mim.- Diz Marta, endireitando o seu cabelo e tentando seduzir o estranho homem, fazendo gestos sexys com a língua.

Joana vira-se para ver quem era e não conseguiu esconder seu sorriso, já que também o achou muito giro. Parecia alguém que tinha saído do trabalho e foi direto para a discoteca relaxar. Tinha o cabelo bastante comprido e usava um rabo de cavalo, o seu fato era muito fino, parecia um empresário rico, principalmente pelo Rolex que usava no pulso esquerdo. Parecia distraído com o seu iPhone 6, dando a entender que estava a falar com alguém importante.

- É realmente lindo.- Responde Joana à amiga.

- Vou lá.- Diz Marta, puxando o seu vestido para cima, deixando-o ainda mais curto. Puxou o peito para fora, deixando-o mais à mostra. Foi em direção a ele, enquanto Joana a seguia com o olhar e um sorriso no rosto.

Quando Joana se vira, vê um homem sentado à sua frente, com uns lindos olhos pretos. Parecia que a hipnotizavam, de tão grandes e escuros que eram, fazendo um enorme reflexo com os seus cabelos pretos, que o deixavam extremamente lindo, ainda mais por parecer ter o porte atlético de um jogador de basquetebol.

A camisa preta e as calças, também pretas, deixavam-no ainda mais sexy.

- Parece que a sua amiga já ganhou a noite.- Diz ele sorrindo. Parecia impossível, mas Joana ficou um pouco excitada com o sorriso daquele estranho, com um sotaque que parecia italiano.

- Parece que sim.- Responde Joana, também sorrindo, tentando esconder o nervosismo.

- Sou Martino.- Diz ele, encostando os seus lábios ao ouvido de Joana, deixando-a ainda mais arrepiada.

- Joana.- Responde, tentando encostar-se para trás. Martino aproxima-se mais uma vez de Joana, já que a música estava extremamente alta.

- Queres dançar?

- Claro!- Aceita Joana, animada.

24Joana e Martino dançaram juntos durante horas sem parar. Pareciam até um par de namorados, de tão colados que eles dançavam, aparentando uma grande intimidade, até que Martino avançou e a beijou. Não era típico de Joana, logo na primeira dança, deixar que lhe roubassem um beijo, mas Joana foi totalmente hipnotizada por ele e era capaz de ir para a cama com ele, naquele instante.

- Porque não conversamos lá fora?- Pergunta Martino, agarrando a mão de Joana e levando-a para fora da discoteca.

Caminharam de mãos dadas até ao carro de Martino, que abriu a porta para que ela entrasse. Sem hesitar uma única vez, ela entrou e, de seguida, Martino entrou também e instalou-se a seu lado.

- Você quer ir a algum sítio específico onde possamos conversar?- Pergunta Martino.

- Não tenho nada na cabeça.- Responde Joana, fascinada com aquele homem lindo, que parecia um presente.

- Então podemos conversar aqui mesmo.- Diz Martino.

- Claro!- Diz Joana, olhando fascinadamente para os olhos de Martino que, sem falar nada, a beijou mais uma vez, enquanto a sua mão percorre o seu corpo, deixando-a cada vez mais excitada.

- Pode aparecer a polícia.- Murmura Martino.

- Claro.- Concorda Joana, um pouco decepcionada e tentando recompor-se.

- Tenho o sítio perfeito.- Diz Martino. Sem pensar duas vezes, Joana concordou e foram até um hotel.

27Martino abriu a porta do quarto para que Joana pudesse entrar. Martino tirou a camisa, ficando em tronco nu. Joana observou bem a fisionomia daquele homem. Martino agarrou-a e, mais uma vez beijou-a, levando-a até à cama. Joana abriu as pernas, o que aproximou ainda mais o contato enquanto ele a beijava. Martino colocou a mão por baixo do vestido de Joana, e começou a acariciar o seu clítoris, deixando-a mais excitada ainda. De seguida, penetrou-a com o dedo, fazendo com que Joana desse um grito de prazer ao seu ouvido, deixando Martino também excitado. Joana sentia o seu pénis erecto na sua coxa, o que a deixava ainda mais excitada. Devagar, Martino foi beijando cada canto de seu corpo até alcançar o seu clítoris húmido.

Sua língua húmida deixava Joana cada vez mais molhada, agarrando os lençóis da cama com força, para se tentar controlar, mas parecia impossível. O prazer falava mais alto.

- Põe agora.- Diz Joana com uma voz roca e baixa.

Martino só estava à espera dessa oportunidade. Sem hesitar uma única vez, Martino penetrou-a.

Joana levantou-se da cama, suada e assustada, com lágrimas nos olhos. Não conseguiu conter-se e começou a chorar mais uma vez. Parece que sua mente também a queria castigar, porque tinha ela que sonhar com ele? Porquê? Será que ela nunca vai conseguir esquecer o rosto daquele lindo jovem que a condenou a um mundo de fracasso e solidão?

Joana assustou-se com o barulho do telefone.

- Alô?- Atende o telefone deitada na cama, com os olhos ainda fechados e sem ver quem liga.

- Muito boa tarde, daqui fala Sónia Brandão, do hospital Santa Maria. Gostaríamos de a convidar a participar em reuniões de grupo, visto que a senhora deverá estar numa situação difícil, pelo que gostaríamos de poder ajudar.

- Não estou interessada.

- Espere! Não desligue. Nós temos alguns antirretrovirais que a senhora necessita tomar, pois precisa de começar o seu tratamento o mais cedo possível, e nós...- Sem deixar a enfermeira acabar de falar, Joana desliga o seu telemóvel, e volta a dormir.

30Joana foi até ao supermercado, com seus cabelos mal cortados, um pijama às bolinhas, umas pantufas e com o rosto sujo de maquilhagem borrada, por causa das suas lágrimas. Retirou uma enorme quantidade de bebidas alcoólicas, gastando 200 euros em vodca, uísque e tequila e, sem ligar para o que as pessoas pensavam ou comentavam Joana passou por elas, sem olhar para trás.

- Olá Joana, temos uma reunião da diretoria, por

isso as tuas férias vão ter que ser adiadas.- Ao ouvir o recado de Melani, a sua secretária, Joana atirou para o lado o telemóvel, quebrando-o em pedaços, pegou numa garrafa de tequila e bebeu-a diretamente, acabando-a em menos de cinco minutos. Por não comer nada, ficou demasiado fraca e acabou por ficar deitada no chão, por horas, até que acordou mais uma vez e voltou a beber outra, que a deixou desmaiada.

ANAMNESES DE TI

Família

Marta chega à casa da amiga, com as chaves que Joana lhe havia dado. Abre a porta e sente um cheiro forte a álcool e a vômito. Não dava para acreditar que aquela era a casa de Joana, estava toda escura. Marta acende a lâmpada e vê enormes quantidades de garrafas vazias espalhadas por toda a parte.

Preocupada, Marta retira o seu sobretudo e coloca-o por cima do cadeirão, começando a chamar pelo nome da amiga, mas sem grande sucesso, já que Joana não respondia.

3 Marta vai em direção à cozinha e encontra Joana estendida no corredor. Aproxima-se da amiga, ajoelhando-se e colocando a sua cabeça no seu colo, tentando acordá-la mas sem sucesso, nenhuma reação. Parecia morta. Desesperada, Marta liga para o 112 e, enquanto esperava, tentava reanimar a amiga a qualquer custo, mas não conseguia.

Os paramédicos chegaram e examinaram-na por alguns segundos, colocando-a de imediato na maca.

- O que ela tem?- Pergunta Marta, aflita.

- Está em coma alcoólico.

Marta ficou estupefacta. Joana nunca fora de beber, muito menos a ponto de ficar em coma alcoólico. E durante toda a viagem de ambulância olhava para a amiga mas, ainda assim, não acreditava. O que será que aconteceu com ela?

6 Já no Hospital, e passado algum tempo, a enfermeira autorizou Marta a entrar no quarto porque Joana já estava a recuperar, pouco a pouco.

Marta olhava para Joana. Graças a Deus ela já estava bem. Os médicos disseram que ela ficaria a dormir por algumas horas, mas que, com certeza, ainda nesse dia acordaria.

Joana estava sentada num café, com uma saia que fazia com que o seu rabo parecesse maior, uma blusa branca, um blazer e uns botins pretos.

9 Sentada com uma chávena de chá bem quente. Estava um frio de rachar, mas ela precisava estar bonita para aquele encontro. Seus cabelos lisos e sedosos graças à chapinha e ao óleo que passou antes. Colocou um pouco de pó no rosto e batom vermelho, para não parecer que ficara horas se preparando.

Joana sorriu ao ver de longe Martino. Parecia um modelo de tanto estilo que tinha. Um blazer preto, uma camisa por baixo branca, umas calças jeans e uns sapatos castanhos. Dava a entender até que os dois tinham combinado as suas vestes de tão idênticas que elas estavam.

Martino deu-lhe um beijo na boca e sentou-se de seguida.

- Acho que combinámos!- Diz, sorrindo para Joana.

- Foi o que pensei.- Concorda Joana.

- Já estás aqui há muito tempo?- Pergunta Martino, com preocupação.

- Não. Cheguei mesmo agora. Pedi um chá para aquecer um pouco.- Diz Joana, que tinha chegado trinta minutos antes da hora que tinham combinado, mais os minutos em que Martino se atrasou.

12Ficaram apenas dez minutos no café e depois Martino sugeriu que fossem ao Cinema do Campo Pequeno.

- Nunca tinha vindo a este cinema.- Diz Joana.

- Eu gosto deste porque é frequentado por pouca gente e nós podemos ir para uma das salas VIP.- Diz Martino.

O Cinema era realmente interessante. Com apenas 15 euros poderiam comer tudo que quisessem, e o melhor é que eles eram os únicos na sala enorme e escura com cadeiras bem confortáveis. Joana observava Martino que parecia estar bastante interessado no filme, enquanto que a ela só lhe apetecia sair dali.

Martino colocou sua mão nas pernas de Joana subindo pouco a pouco, até alcançar as suas cuecas, que já começavam a ficar molhadas.

- O que estás a fazer?- Pergunta Joana, um pouco

assustada. Martino vira-se para ela e dá-lhe um beijo,

subindo com a boca até ao seu ouvido.

- Sabes porque foi que eu escolhi vir para cá?-

Pergunta ele, falando e lambendo o seu pescoço.

- Não.- Responde Joana.

- Se o filme não nos interessasse, nós faríamos algo

melhor.- Diz Martino, subindo a saia de Joana e

colocando a sua mão dentro das cuecas.

- Espera...- Pede Joana, segurando a mão de Martino.

- Não te preocupes, que ninguém vai aparecer.

   15Joana desperta aflita, parecendo que alguém lhe

apertava o pescoço.

Suada e com a mão no coração. Respirando fundo e

assustada.

- Calma.- Diz Marta, dando um abraço a Joana, que parecia em pânico.- Calma, eu estou aqui. O que aconteceu?

- A minha vida acabou, todos os meus sonhos, todos os meus objetivos, tudo. Já ninguém vai querer ficar ao meu lado e eu sei que até a minha família me vai abandonar.- Diz Joana, chorando, enquanto Marta tenta limpar as suas lágrimas.

- Calma, conta-me o que aconteceu.- Pede Marta, olhando Joana nos olhos.

- Eu tenho SIDA.- Confessa Joana.

Marta ficou estática, sem conseguir falar nada por algum tempo. Não conseguia pensar em nada. O seu coração batia sem parar e olhava para Joana com uma cara confusa.

- Não vais dizer nada?- Pergunta Joana.

- Desculpa, mas eu não sei o que dizer...

- Se estás assim, imagina eu!- Diz Joana, tentando conter-se para não chorar.

- Eu preciso apanhar um pouco de ar.- Diz Marta, levantando-se da cama e caminhando em direção à porta. Quando a abre, assusta-se ao ver um homem à entrada.

- Desculpe, não queria assustá-la.- Diz o dito homem, que era o médico.

- Caro, não faz mal.- Responde Marta atrapalhada, saindo sem olhar para trás e deixando Joana ainda mais aflita, já que a reação da sua melhor amiga não foi a melhor.

- Olá Joana.

Joana olha para o médico e sorri, já que é o mesmo que lhe deu a péssima notícia de que estava doente.

- Olá.- Cumprimenta Joana, limpando o rosto.

- Você está péssima.- Diz ele.

- Como é que você queria que eu estivesse? Você alguma vez na vida já teve VIH? Olhe para você, deve ter uns cinquenta anos e está limpo! Vejo que você é casado, e, com certeza, deve ter filhos! Já eu não vou poder ter filhos! Não vou poder casar! E você ainda agora viu uma rapariga saindo desta sala assustada! Sabe porquê!? Porque ela tem medo de mim, porque eu lhe contei que tenho SIDA e, com certeza, ela nunca mais vai querer tocar-me…

- Ou talvez esteja apenas em choque e, a qualquer momento, ela vai entrar e dar-lhe um abraço. Eu posso nunca ter tipo SIDA, mas tive que cuidar do meu sobrinho que tinha. Os seus pais morreram e eu tive que cuidar dele, por isso eu sei muito bem o que é ter SIDA e você pode sim ter filhos. Você pode casar. Basta que não desista de viver.- Joana sorri enquanto derrama mais uma lágrima.

- Você pensa o quê?! Você acha que quando eu falar com um rapaz e lhe disser que tenho SIDA, ele vai dizer que não faz mal, nós podemos fazer sexo com preservativo para o resto da vida, que eu não me importo!?!! Você acha que é assim tão fácil?!

- Não. Sei que não. Por isso você precisa de conviver com pessoas que também têm o mesmo problema que você. Dessa forma elas vão ajudá-la a superar isso. Aqui no hospital há um grupo de aconselhamento que seria certamente uma grande ajuda.

- Eu não estou interessada!- Diz Joana.

- Então, pelo menos, comece a fazer o seu tratamento, que é muito importante.

- Quem disse que eu quero fazer?

- Eu sei que sim, sei que você apanhou o vírus com alguém em quem confiava e neste momento pode estar revoltada. Mas o que me chamou a atenção é que você desesperou, você chorou, e eu vejo agora que, durante esse tempo, você ficou a embebedar-se e até cortou o seu cabelo. Você não é uma má pessoa. Se o fosse poderia estar em discotecas, revoltada e tentando contaminar o maior número possível de pessoas que encontrasse em seu redor. Pode tratar-me por Gonçalo. Sou médico neste hospital.- Gonçalo retirou um papel do bolso e colocou na mesa de Joana.

- Aqui está o endereço e o contacto do responsável pelo grupo de apoio. Um dia apareça!

16Gonçalo levantou-se e dirigiu-se à porta. Antes

de a fechar, olhou para Joana limpando cabisbaixa suas lágrimas que não paravam de cair.

- Boa sorte.- Disse-o, dirigindo-se para Joana.

Joana e Martino estavam abraçados na banheira. Foi a primeira vez que Joana convidava um rapaz ao seu novo apartamento, ainda mais em sua banheira.

- Fala-me um pouco de ti! Nós saímos há dois meses e nunca conversámos muito.- Pede Joana.

- O que queres saber?

- Sei lá. Deixa-me começar. O meu pai é pastor, muito religioso, ele acha que nós só devemos fazer sexo depois de casar.- Ao ouvir isso, Martino sorri. Era algo que ele nunca pensara ouvir em pleno século XXI.

- Então, se ele aparece aqui agora...- Brinca Martino.

- Estamos feitos!- Completa Joana.- A minha irmã é a

filha perfeita, sempre na igreja, nunca trouxe problemas em casa. É o orgulho da família. Já o meu irmão é o bad boy, há mais de um ano que não o vejo, só falamos às vezes no Facebook. Ele e o meu pai não se dão muito bem, eu sou... Como posso explicar? Meio boazinha, meio mazinha, o meu pai sempre culpou meu irmão pelo meu mau comportamento. Basicamente, este é o resumo da minha vida familiar. E tu? Como é a tua família?

- Sou o mais novo de uma família de cinco filhos. Quatro raparigas e eu. O meu pai gostava muito de Itália, por isso todos nós crescemos lá.

- Agora está explicado o sotaque.- Diz Joana.

- Mas o meu pai recebeu uma grande proposta de emprego, por isso toda a família se mudou para cá, mas hoje não me apetece nada falar sobre a minha família. Que tal fazermos uma outra coisa?- Sugere Martino ao ouvido de Joana.

A sua mão segurou os seus seios. Acariciando-os, enquanto lhe dava beijos à volta do pescoço. A outra mão acariciava a sua vagina e, mais tarde, penetrou-a, deixando Joana mais excitada. Virando-se e subindo para cima de Martino, colocando o pénis para dentro da sua vagina, fazendo suaves movimentos de cima para baixo.

Com Joana no colo, Martino levanta-se e dirige-se para a cama, onde a deita, ficando por cima de Joana e, com movimentos mais rápidos e agressivos, penetra-a sem parar.

18A campainha toca, Joana assusta-se, levanta-se em direção à porta. Vê que é Marta. Há quase três meses que ela não tinha notícias da amiga. Joana abre a porta e olha para Marta. Parece envergonhada.

- Posso entrar?- Pergunta.

- Claro.- Acede Joana.

Marta entra e repara que já não havia o monte de garrafas espalhadas pela casa como da última vez. Sem falar uma palavra senta-se e fica a olhar para a televisão desligada. Joana senta-se ao lado dela também a olhar para o nada, sem saber o que dizer à amiga.

- Desculpa-me.- Pede Marta, derramando uma lágrima.

Joana olha para amiga e fica apenas a observá-la, sem responder.

- Tu precisavas de mim e eu desapareci. Sei que fiz mal, mas não conseguia acreditar que tinhas isso. Eu queria consolar-te, no entanto não sabia como. Este

tempo todo fiquei a pensar como poderia ajudar-te,
mas não conseguia ter respostas. Estavas a sofrer tanto
e talvez só precisasses da minha companhia mas eu...-
Marta começa a chorar, e não consegue dizer mais
nada.

- Não faz mal, eu já estou feliz por teres vindo.- Diz
Joana. Neste momento Marta dá-lhe um abraço,
pedindo desculpas ao ouvir da amiga.

- Está tudo bem.- Diz Joana.

ANAMNESES DE TI

Comprimidos

Marta abre as cortinas, já que estava tudo tão escuro em pleno dia.

- Isto está muito abafado. Que tal irmos ao cabeleireiro hoje, o teu cabelo está horrível!- Diz Marta, segurando os cabelos de Joana, que estavam todos danificados.

- Não me apetece nada...- Responde Joana.

- O Miguel ligou-me, disse que tu não atendes os telefonemas. Eles queriam anular as férias, acho melhor ligares para eles, estão há três meses a tentar falar contigo.

- Eu sei. Acho que não consigo continuar a trabalhar, não me apetece nada.- Diz Joana, deitando-se no cadeirão.

- Eu falei com o teu médico e ele disse que ainda não começaste o tratamento. Eu sei que é difícil, mas precisas começar, antes que seja tarde demais.- Diz Marta, sentando-se ao lado da amiga.

- Eu sei, estava a pensar ir ao hospital.

- Então é mais um motivo para tratares do cabelo. Não podes ir com esse cabelo assim, comprido de um lado e curto do outro.

Marta segurou a mão da amiga e levantou-a do chão.

- Vamos ao cabeleireiro, sem desculpas!

3 Há muito tempo que Joana nem saía de casa

nem vestia nenhuma das suas roupas, ficando apenas de pijama.

Quando colocou as calças notou que tinha perdido bastante peso. Ficavam tão grandes que não parecia que ela alguma vez as tivesse usado, tal como a blusa e o casaco. A única coisa que ainda lhe servia eram os sapatos. No seu coração só lhe apetecia chorar. Ela não percebeu em que momento emagreceu tanto. Na sua cabeça só pensava em morte.

Marta pegou na mão frágil e pálida da amiga, apertando-a e sorrindo, de forma a poder acalmá-la, e foram as duas para o salão. Para acertar o cabelo Joana teve que cortá-lo, e também pediu para que pintassem-no de loiro. Não queria ficar morena, e muito menos com seu castanho, já que a lembrava coisas que, por vezes, ela queria esquecer.

- E também tens que fazer as unhas!- Exclama Marta.

Joana olha para as suas unhas e vê que estão

realmente horríveis.

Quando saíram do cabeleireiro, foram às

compras. Joana precisava de alguma roupa nova, pelo

que foram até uma das suas lojas prediletas, já que

era o único sítio onde encontrava o tipo de calças que

definiam o seu rabo na perfeição.

- Meu Deus! Amiga, olha para aquele rapaz ali, não

pára de olhar para ti!- Diz Marta, toda animada, com

um sorriso gigante.

Joana olhou para trás e realmente estava a olhar para

ela. Tinha uma altura média e um corpo atlético.

Estava com uma roupa de ginásio, que levava a crer

que fosse alguém que cuidasse muito do seu corpo.

Mas Joana não queria ter mais ninguém. Já não tinha

planos para uma a vida a dois. Após saber da doença desistiu de tudo.

6 Joana virou-se e caminhou direta à saída da loja.

- Vamos embora.- Pediu Joana.

- Mas achaste feio?- Pergunta Marta.

- Não estou com ânimo para isso.

Joana olhou para o espelho do carro e estava bastante gira. Nem parecia uma rapariga com VIH. Ninguém consegue saber quem tem e quem não tem VIH, o seu rosto estava mais magro e mais bonito, o novo corte de cabelo deixou-a mais gira e até parecia mais alta. As roupas ficaram-lhe muito bem, fazendo-a parecer uma modelo. Depois de dois meses trancada dentro de casa, depois de tanto tempo deprimida, ela conseguira acabar com a bebedeira e sair de casa, deixando de ter vontade de sumir, graças à Marta.

Poderia contar sempre com ela.

Parecia que Joana ia a um encontro, mas estava apenas a ir buscar os seus comprimidos. Chegou à farmácia quase vazia do hospital, onde só havia três pessoas à espera do atendimento. O seu coração batia sem parar. Ela não conseguia evitar, estava bastante nervosa e não parava de mexer o corpo. De repente, fica com uma vontade enorme de ir embora e quando dá meia volta vê um rapaz atrás de si.

- Não está na fila?- Joana, assustada, fica em pânico a olhar para ele.- Você está bem?

- Sim...- Diz, virando-se de seguida.

À frente havia um espelho que permitia, de forma discreta, ver o rapaz que estava atrás de si. Era bastante giro. Se fosse há algum tempo atrás, certamente falaria com ele, mas neste momento ela só sente vergonha e medo.

9 Joana tentou não olhar novamente, mas não conseguia, parece que os seus olhos azuis a convidam a olhar mais. Eles eram realmente muito giros, e ao mesmo tempo hipnotizantes.

~ Seguinte, por favor!~ Joana estava distraída a observar o rapaz moreno com olhos claros. Parecia uma versão do seu irmão Artur, mas um pouco mais giro.

~ Senhora, é a sua vez.~ Diz ele, encostando-se ao ouvido de Joana. Ela, assustada, aproximou-se do balcão e entregou a receita. Passado um momento a farmacêutica entrega-lhe um saco cheio de comprimidos. Sem ouvir nada do que a farmacêutica dizia, pegou-o e foi embora.

Nervosa e a tremer tentava abrir o carro, sem

grande sucesso. E sem conseguir respirar direito, tentou relaxar antes de voltar a tentar. Senta-se no chão, para tentar se acalmar.

- Você está bem?- Joana levanta o rosto para ver quem era e depara-se com os mesmos olhos azuis que estavam na farmácia.

Ficou mais nervosa ainda. Com as mãos a palpitar, levantou-se e virou-se para abrir a porta do carro, derrubando o saco de comprimidos que estava na sua mão. Atrapalhada, tentava apanhá-los do chão. O homem também se abaixou para ajudar, ficando parado a olhar para uma das caixas de antirretrovirais. Joana, com lágrimas nos olhos, olha para o homem com a caixa de comprimidos na mão, ficando parada sem conseguir falar nada.

- Aqui tens.- Diz ele, esticando a sua mão.

Joana ficou a olhar para ele sem conseguir dizer nada.- Você não precisa ficar assim, está tudo bem, você pode pegar-lhes.- Devagar, Joana recebeu seus comprimidos e colocou-os de novo no saco.

- Você está bem? Se você quiser eu posso levá-la no meu carro...

- Não é preciso.- Responde Joana, abrindo a porta do carro e arrancando de seguida.

ANAMNESES DE TI

Como se fosse fácil

- Ontem, quando fui levantar os meus comprimidos, vi um rapaz que me fazia lembrar o Artur. Tinha as mesmas características que ele, só era um pouco mais giro. Não sei porquê, mas de uma maneira estranha ele chamou-me a atenção, queria ficar a olhar para ele, mas depois na minha cabeça só pensava, tu tens VIH e não podes ficar com ele.- Marta, que estava deitada na cama junto de Joana, abraçou-a. Não sabia como consolar a amiga, porque de uma maneira ou de outra ela estava certa, é muito difícil um rapaz aceitar sair com ela sabendo das suas atuais contrições.

- E o pior é que ele sabe que eu tenho VIH. Os meus comprimidos caíram e foi justamente ele a apanhá-los. Em nenhum momento ele me olhou com nojo, apenas vi pena no seu olhar, algo que me doeu ainda mais. Acho que eu só vou conhecer na minha vida, dois tipos de homens, os que me olham com nojo e os que me olham com pena!

- Já pensaste em ir ao grupo de ajuda?- Pergunta Marta, afagando o cabelo de Joana.

- Claro, penso nisso todos os dias.

- Vamos amanhã, eu posso ir contigo, assim não terás que ir sozinha.

- Vou ver, porque amanhã tenho um jantar com a minha família. Hoje dormes aqui comigo?

- Claro.- Responde Marta, abraçando Joana.

Quando é para jantar em casa da família, nada de roupas apertadas e, muito menos, curtas. Joana colocou, assim, umas calças de pano pretas que não marcavam as suas pernas e uma camisa branca, que poderia fechar até ao pescoço, um sobretudo e umas botas castanhas. Também não usou maquilhagem, já que o seu pai implica com tudo.

3 Ao chegar respirou fundo. Já há quatro meses que ela não ia àquela casa, e agora volta com um fardo a mais, precisa de tentar concentrar-se e, de maneira nenhuma, dar nas vistas de que estava doente.

- Olá mãe!- Diz Joana, dando-lhe um abraço.

Ao ver a filha, também lhe deu um forte abraço. A sua mãe estava na mesma, sempre com os seus longos e largos vestidos, que não valorizavam as suas curvas, e com o seu cabelo sempre preso.

- Olá Joana.~ Diz Rui, o seu pai.

Joana vira-se e dá-lhe também um forte abraço.

- Olá pai.

Nem Camila nem Joana ficaram felizes de se ver, mas, mesmo assim, tiveram que dar um abraço, para que os seus pais não dessem conta que elas não eram as melhores amigas. Tudo por causa de um rapaz, que acabou por não ficar com nenhuma das duas.

- Joana hoje dormes cá?~ Pergunta a mãe.

- Hoje não mãe, mas no fim-de-semana sim.

- Uma minha amiga que trabalha para nós, disse que não estás a trabalhar e que estás quase a ser despedida.~ Diz Camila.

Joana olha para Camila com cara de raiva e aperta

os dentes para tentar acalmar-se, para não partir para cima da irmã.

- Eu estou de férias.- Diz Joana.

- Mas não foi o que eu ouvi, parece que tu é que te deste a essas férias.- Provoca Camila, servindo-se de um copo de sumo.

- Nós depois vamos falar sobre isso, agora vamos jantar.

- Se estás realmente de férias, porque que não vieste cá à casa?- Pergunta Rui.

- Fui viajar, só voltei há alguns dias.

- E não trouxeste nada para nós?- Pergunta Camila.

- Não, não trouxe.- Diz Joana, tentando fingir um sorriso.

- Okay, agora já chega de conversas, vamos rezar.- Diz Rui.

Joana estava irritada como sempre, depois de vir da casa dos pais. Marta apreciava-a pelo espelho retrovisor. O motivo, com certeza, era a Camila Filipa.

- Pára de roer as unhas.- Diz Marta.

- Aquela miúda! Olha que um dia eu perco a cabeça! E o que mais me irrita é que ela faz-se passar por santa para todo mundo, enquanto que eu sou a vilã.

- Eu sei como é, as irmãs normalmente são assim.

- Achas? Ela seduziu o rapaz com quem eu saía e eu ainda acho que era ela quem colocava dinheiro nas minhas coisas para que o meu pai pensasse que eu roubava o dinheiro dele. A minha cabeça está um caos hoje, continuo a ter aqueles sonhos horríveis, que nunca me deixam esquecê-lo Não sei até quando vou ter que sonhar com ele...

- E nunca mais o viste?

- Vou vê-lo onde? Aquele desgraçado! Por isso é que ele nunca me levou a conhecer a casa dele, agora entendo, aposto que ele continua a fazer isso a outras raparigas. Se um dia eu o vejo à minha frente, eu juro que o mato, e depois vou presa, que não me importo.

- É aqui. Queres que entre contigo?

- Não, eu vou sozinha, muito obrigada pela boleia.

- Não tens de quê. Daqui a uma hora eu volto para te vir buscar.

6 Joana desce do carro e toca a campainha. Ela já passou várias vezes na avenida, mas nunca imaginou que ali houvesse um centro de ajuda para seropositivos. A porta abre-se e Joana assusta-se, o seu coração bate dc curiosidade, para ver o tipo de pessoas que frequentam o centro. Vê um homem de quarenta e tal anos que a recebe à entrada. Simpático.

Era uma pessoa normal, estava de um fato preto, parecia estar a sair do trabalho. Ao entrar, vê uma mulher sentada no sofá, parecendo ter uns cinquenta anos, sentada com uma outra senhora que parecia ter a mesma idade. Joana ficou pasmada ao ver uma adolescente, bonita, magra e alta, com cabelos encaracolados e olhos verdes que parecia ser cabo-verdiana, que parecia ter dezassete anos no máximo. Se perguntava se ela também teria VIH e como teria ela tão jovem apanhado essa doença.

- Olá a todos.- Cumprimenta Joana.

- Olá!- Respondem todos em coro.

Joana senta-se ao lado das duas mulheres, continuando a olhar com curiosidade para a adolescente, quando o seu coração dói ainda mais ao ver que não era a única.

Entravam mais duas que pareciam ter a mesma idade que a outra, cumprimentando-se como se fossem velhas amigas, e conversam entre si. Um outro homem entra, parecia ter uns trinta e poucos anos, também com a aparência de quem acabou de sair do trabalho. Também estava de fato e se ela o visse na rua, nunca imaginaria que ele teria VIH.

- Olá.- Diz ele.

-Olá.- Respondem, novamente, todos em coro.

Era um total de oito pessoas. Joana pensava que seriam mais, mas, ficou feliz por serem poucas.

- Desculpe.- Diz Joana para o último senhor a ter entrado.

- Olá, podes tratar-me por António.- Cumprimenta ele.

- Olá, eu sou a Joana.

- Muito prazer!

- A que horas é que o responsável chega?

- O doutor Hevandrique?

- Ele é médico?

- Claro, é psicólogo. Ele já deve estar a chegar. Falando nele...- Diz António, olhando na direção da porta, que se abria.

- Olá a todos!- Joana fica de boca aberta ao ver o tão esperado doutor Hevandrique. Era o homem da farmácia. Agora ela entendeu porque foi que ele não entrara em pânico. Ele convive diariamente com seropositivos. Não conseguindo controlar o seu nervosismo, começou a mexer os pés. Qualquer um notaria que ela estava bastante nervosa. Engoliu em seco, para tentar esconder o nervosismo que era visível a todos.

- Olá Joana, ainda bem que vieste.- Diz Hevandrique, sorrindo, com uns dentes tão brancos que parecia que estava a sair de um anúncio de pasta dentífrica. Era realmente encantador, parecia um homem bem cuidado, e dava para ver que tinha um porte atlético, e que gastava, no mínimo, duas horas por dia para trabalhar cada pedaço daqueles músculos.

Joana olhou para ele, com pasmo, perguntando a si mesma se ele se lembra, mesmo, mesmo, mesmo, dela.

- Olá.- Disse Joana.

- Esta é a Joana, vai começar a vir ao grupo de terça-feira.

- Sê bem-vinda, Joana.- Disseram todos em coro.

- E temos mais uma pessoa nova, que acho que ainda não chegou, mas creio que não precisamos de esperar por ele. Vamos começar. Hoje eu queria que a

Carolina nos desse o seu testemunho.

9 Carolina era a primeira adolescente que Joana tinha encontrado.

- Olá, eu sou a Carolina, e sou seropositiva. Tenho dezasseis anos e fui contaminada quando tinha treze anos. Vivo no Barreiro e antes vivia em Sintra. Esta história mexe muito comigo e se eu começar a chorar, peço desculpa.- Diz ela, já tentando conter as lágrimas.- Eu tinha um vizinho muito bonito. Pelo menos eu achava que ele era lindo. Ele tinha mais ou menos quarenta anos e era solteiro, não tinha mulher nem filhos.- Ela respira fundo antes de continuar a sua história.- Uma vez, ao sair da escola, ele cumprimentou-me. Naquele momento o meu coração tremeu. Fui a correr para a minha casa, de tão nervosa que estava. No dia seguinte, o mesmo. Até que, um dia, eu disse também um olá. Ele sorriu. Os seus dentes eram tão perfeitos e brancos, que faziam reflexos nos seus olhos castanhos. Fiquei parada a olhar para ele. Enquanto ele sorria, derretia o meu coração. Sou o Igor, disse ele em tom suave, que até parecia uma melodia. Juro que eu ouvia pássaros a cantar, ao ouvi-lo falar. Eu apenas sorri e fui-me embora, eu sonhava com ele e sempre rezava para que as aulas acabassem, para eu poder encontrá-lo, até que um dia não o vi. Perguntei-me se ele não viria dar-me um olá como fazia sempre, mas ele não apareceu durante uma semana. Fiquei triste e até chorei. Quando voltei a vê-lo, só queria dar-lhe um abraço, mas não podia. Ele viu que eu fiquei feliz ao vê-lo e deu-me ele um abraço. Eu tive que corresponder, já que eu também queria abraçá-lo. No dia seguinte, ele convidou-me para entrar na casa dele e eu fui. Parecia uma casa muito acolhedora. Eu gostei da decoração, parecia maravilhosa, ele sentou-se ao pé de mim e eu estava bastante nervosa. Só me lembro de ele me dizer para relaxar. Então deu-me um beijo, o meu coração quase que saía pela boca, mas tive que corresponder, porque eu também queria. O meu corpo comportava-se de uma maneira estranha. Senti sua mão a apalpar todo o meu corpo e gostei daquela sensação. Não queria que ele parasse e cedi. Quando dei por mim, já estava deitada na cama dele e foi quando ele me penetrou. Naquele momento, foi o dia mais feliz da minha vida, mal sabia eu que a partir daquele dia minha vida viraria de cabeça para baixo. Relacionei-me com ele durante um ano sem que ninguém descobrisse. Quando, de repente, ele foi-se embora e me deixou com dois grandes presentes. Um filho e uma doença. A minha mãe descobriu quando eu já estava de cinco meses e não conseguiu fazer nada, mas o pior, o maior choque foi descobrir que eu tinha VIH. A minha mãe chorava sem parar e o meu pai sofreu um enfarte. Por sorte não morreu.- Carolina respirou fundo e limpou as lágrimas que caíam, para conseguir continuar com sua história.- Fiquei sem falar com o meu pai durante muitos meses, só quando o meu filho nasceu é que ele voltou a falar comigo. Por sorte, a ciência evolui de tal modo que o meu bebé nasceu sem o vírus, sendo hoje saudável. Tem quatro anos e, graças aos meus pais, é feliz. Os meus pais adotaram-no e ele é, perante a lei, meu irmão. Mas ele sabe que eu sou a mãe dele. Nunca mais vi o Igor, se eu o visse não sei o que eu faria, talvez lhe desse um abraço, talvez passasse como se não o conhecesse ou, talvez, o convidasse para tomar um café e lhe falasse do nosso filho. As pessoas que sabem que eu tenho a doença perguntam-me porque é que eu não tenho raiva dele, eu digo que a minha raiva já passou há muito tempo. Claro que eu era uma criança na época, mas eu também tive a minha parcela de culpa, e ele foi um homem muito especial na minha vida, deu-me um filho lindo e foi o grande amor da minha vida. Claro que eu não o perdoo por me ter passado a doença, mas eu gostaria de, pelo menos, falar com ele, porque ele ainda deve estar a passar a doença a muita gente e, isso sim, é que é mau. Eu só gostaria que ele parasse, porque sendo ele alguém com quem vivi tanta coisa e com quem aprendi tanto, gostaria muito que ele parasse e se arrependesse de tudo. Mas agora, falando da minha vida hoje, eu estou bem, estou a estudar, quero ser estilista e, quem sabe, um dia me casar.- Diz, sorrindo, parecendo uma adolescente normal, que não carrega consigo um grande fardo. Todos bateram palmas, enquanto Joana ficou pasmada a olhar para a miúda. Como pode ela ser tão forte? Parecia feliz, enquanto Joana se segurava para não acabar em lágrimas.

- Muito bem! Agora nós vamos ouvir um voluntário, para nos contar a sua história.- Hevandrique olhou para Joana, para ver se ela se pronunciava, mas ela não o fez, até que António tomou a palavra.

- Olá, eu sou António e tenho trinta e quatro anos de idade. Sou casado e tenho quatro filhas lindas e saudáveis. Eu sou seropositivo, mas a minha mulher até hoje não é, graças a Deus. Quando eu tinha vinte e dois anos fui preso por fazer confusão e agredir um rapaz. Fui condenado a passar cinco meses na cadeia e, durante esse tempo, eu dividia a minha cela com um homem. Nas primeiras semanas estava tudo bem, até que um dia, no dia de visitas, a minha mãe foi ver-me e disse que eu sairia mais cedo. Eu estava tão feliz que não parava de me gabar para as outras pessoas, até que o meu companheiro de cela ouviu. Eu estava a tomar banho todo feliz da vida, quando senti a minha cabeça a ir contra a parede. Quando dei por mim, aquele homem estava a violar-me, nunca pensei que uma coisa dessas pudesse acontecer comigo. Quando ele acabou, cuspiu em mim e foi-se embora. No fundo, ele sabia que eu não contaria a ninguém por vergonha, e não o fiz. Aquilo traumatizou-me de tal forma que eu não conseguia ficar com raparigas. Quase não comia. Tentei várias vezes matar-me. Eu via que a minha mãe, mesmo não sabendo, sofria comigo, não conseguia parar de pensar naquilo, até que um dia me abri com ela. Levou-me a um psicólogo e, com a ajuda dele, consegui superar este trauma. Um dia, estando eu a sentir-me muito mal, fui até ao hospital e não acusava nada, fiz vários exames e nada. Porém, mais tarde eu decidi fazer o teste, deu positivo, e era mais um novo capítulo de agonia na minha vida. Eu fui à cadeia procurar o homem, mas ele já tinha saído. Eu queria poder falar com ele, perguntar porque é que ele fez aquilo comigo, mas lá não podiam dizer-me onde ele estava. Fiquei desesperado e tentei pôr fim a tudo, mas não consegui. A minha mãe chegou a tempo. A partir dali eu agradeci pelos pais maravilhosos que eu tinha, que me apoiaram em todos os momentos. Eu descobri que era seropositivo quando tinha vinte e quatro anos e, a partir daquele momento, eu já planeava a minha vida a sós, pois imagino que ninguém haveria de aceitar ficar comigo. Mas, por sorte, quando eu estava a fazer o mestrado, conheci uma simpática rapariga, por quem me apaixonei por completo. Sempre que a visse o meu coração doía, mas eu jamais poderia ficar com ela. Primeiro, eu tinha medo de a contaminar, e segundo, eu não sabia se teria coragem de dizer a alguém que eu tinha a doença, até que, por fim, um dia ela veio falar comigo, pedindo para fazermos um trabalho juntos. Eu aceitei. Queria pelo menos ser amigo dela. Quando estávamos a fazer o trabalho ela deu-me um beijo. Fiquei tão assustado que caí da cadeira, deixando-a também assustada. Lembro-me que gritei com ela, pedindo para que ela não fizesse mais aquilo, e fui-me embora. Pesquisei para saber se uma pessoa podia contaminar alguém na troca de saliva, mas por sorte não. Fiquei tão aliviado. No dia seguinte queria passar por ela sem a cumprimentar, mas ela é que passou por mim, sem sequer olhar-me nos olhos. Eu achei que era melhor assim, até que ela me encontrou na estação de metro e me perguntou se eu era gay. Eu queria dizer que sim, mas naquele momento não me apeteceu mentir, e disse que não. Então eu é que sou feia, me respondeu. Aquela frase deixou-me tão em baixo que quase me vieram as lágrimas aos olhos. Vi que ela estava triste, talvez porque gostasse de mim. Notei que o metro estava a

chegar e olhei para os seus olhos, dizendo-lhe que
tinha VIH. Vi uma expressão de pânico no rosto dela.
Tanto que ela não se mexeu. Fui-me embora e deixei-
a lá, no banco da estação. Quando fui à escola estava
cheio de medo, imaginando que talvez ela tivesse
contado a todos que eu tinha VIH, mas por sorte não
fez, todos me trataram da mesma maneira. Eu estava
sentado à espera do professor e ela sentou-se ao meu
lado. Fiquei admirado por ela ainda querer se sentar
comigo e, quando a aula acabou, ela pediu para falar
comigo. Eu estava bastante nervoso, mas fui com ela
ainda assim. Eu posso ficar contigo mesmo assim, eu
não me importo, estive a pesquisar e existem casais
em que um tem HIV e o outro não, disse ela para
mim. Eu estava tão feliz por ela aceitar ficar comigo,
mesmo sabendo que eu tinha uma doença terrível,

que só podia fazer uma única coisa. Pedi-la em casamento. E foi o que fiz. Estamos casados há já seis anos e temos quatro filhas. Como já o disse antes, todas são saudáveis.- Após o depoimento de António, o tempo já se tinha esgotado e tiveram que se despedir.

10Joana estava à espera de Marta à porta do prédio. Ela ainda iria demorar uns quinze minutos a chegar.

- Olá Joana.- Ela vira-se e vê Hevandrique.

- Olá doutor.- Diz, colocando as mãos no bolso do casaco.

- Na próxima semana podemos contar com o teu depoimento?- Pergunta ele.

Joana estava um pouco irritada com Hevandrique. O verdadeiro motivo nem ela sabia qual era.

- Eu ainda não estou pronta para isso.- Diz ela, olhando para o chão.

- Não faz mal, nós vamos esperar até que você esteja pronta.- Diz ele com um sorriso, que deixou Joana ainda mais irritada.

- Você fica a motivar as pessoas, como se a vida de uma pessoa com SIDA fosse fácil, eu aposto que você não aguentaria ficar um ano com SIDA, você pode pensar que sabe o que é mas não sabe. Você não faz a mínima ideia o que é ter de tomar nove comprimidos diariamente, você não sabe o que é ter que ficar com vergonha de cada pessoa que passa na rua, você não sabe o que é ter que viver escondida e não poder sair com qualquer pessoa porque você está infectada com SIDA. Então faça-me o favor de não falar com as pessoas com esse sorriso, porque com isso você não acalma ninguém, só deixa as pessoas ainda mais irritadas!- Dispara Joana, deixando Hevandrique sem saber o que dizer.

Marta chegou mesmo a tempo, buzinando para que Joana se apercebesse. Sem pensar duas vezes Joana vira as costas a Hevandrique e vai ter com a amiga.

ANAMNESES DE TI

Hospício

Hoje era o dia de regresso ao trabalho depois de ficar tanto tempo em casa. Foi até à sua sala e ficou espantada com a quantidade de papel que encontrou na mesa. Tinha muito trabalho para fazer. Joana sentou-se, cruzando as pernas e fechando os olhos, com o objetivo de relaxar um pouco. Carmem, a sua assistente, abriu a porta fazendo com que Joana abrisse os olhos e desse de caras com ela. Carmem informou que o diretor estava à espera dela.

Joana estava preparada para tudo, até mesmo

para ser despedida, depois de ter sido promovida.

Ao entrar, viu o diretor de recursos humanos, parecia que os seus cabelos brancos aumentaram juntamente com a sua barriga. Parecia que, em vez de alguns meses de ausência, tinham sido anos.

- Olá Renato!- Diz Joana, sentando-se.

- O que se passou?- Pergunta ele.- Nós precisávamos de ti. Estávamos a fechar um grande negócio e era necessário termos a nossa financeira aqui presente. Você é a responsável, como pôde fazer isso conosco?- Diz ele, a ficar cada vez mais nervoso.

- Eu pensei que estava de férias, não sabia que deveria vir trabalhar, mesmo de férias.- Diz Joana, tentando conter o nervosismo.

- Eu havia te dito para deixares o telemóvel sempre ligado.- Responde Renato, respirando fundo.

- Desculpa, eu não pensei que uma coisa dessas pudesse acontecer.

3 Renato sentou-se na cadeira, virando-se de costas para Joana e colocando a mão direita no rosto. Procurava acalmar-se.

- Depois do expediente, vai haver uma reunião, onde iremos discutir o teu futuro aqui na empresa.- Diz com uma voz baixa. Apesar disso, Renato gostava muito de Joana e não a queria demitir. Sabia que ela era competente e pessoas como ela são difíceis de encontrar.

- Está bem.- Diz Joana, levantando-se.- Já posso ir?

- Sim.

Martino tremia enquanto dormia, fazendo com que Joana tivesse dado conta disso e se espantasse. Levanta-se e agarra a testa dele, notando que estava bastante quente. Tremia tanto que ela estava a ficar preocupada. Joana levantou-se e foi arranjar uma toalhinha e uma bacia com água fria, começando a limpar o seu rosto, que estava bastante pálido e molhado de suor.

- Joana...- Dizia ele com uma voz rouca e trémula, parecendo estar a sofrer imenso.

- Estou aqui.- Diz Joana, assustada.

- Por favor, não me deixes sozinho.- Pede, apertando a mão de Joana. Parecendo uma criança com medo do escuro.

- Nunca faria isso.- Acalma-o Joana, limpando-lhe o rosto com a tolha.- Vais ficar bem. Se quiseres, amanhã podemos arranjar um médico.

- Não! É apenas a gripe. Amanhã ficarei como novo, dá-me só um abraço.- Joana acedeu e adormeceram abraçados.

Joana abriu os olhos, cansada, depois de mais uma noite a ter que sonhar com Martino. Será que nunca pararia de sonhar com esse homem? Pensa Joana agarrando o peito. Já não aguentava mais ter que sonhar com ele.

- Por favor Deus, faz com que eu pare de sonhar com ele.- Dizia Joana, deitando-se e olhando para o céu.

- Hora de levantar!- Diz Marta.

- Olá mãe.- Cumprimenta Joana, tentando gozar com Marta.

- A tua irmã disse que passará aqui daqui a pouco.

6 Joana levantou-se atrapalhada, foi directa à sua cabeceira recolher os comprimidos, dirigindo-se para a casa de banho.

- O que foi?- Pergunta Marta.

- Eu tenho que guardar tudo isso, tu sabes como é aquela miúda, ela gosta de mexer em tudo, ainda me descobre os comprimidos. Se eu não a contiver, nada a irá impedir de contar aos meus pais que eu tenho VIH.

- Sim, tens razão.

Marta ajuda Joana a guardar os comprimidos e, logo que Joana os coloca no cofre, Filipa bate a porta. Joana abre e a olha de cima a baixo, olhando para ela e reparando no seu longo vestido, que a deixava uma verdadeira devota, sem mostrar nenhuma parte do corpo.

- O que queres?- Diz Joana, com uma cara de poucos amigos.

- Como assim?- Diz Filipa, entrando sem que Joana a convidasse a entrar.- Vim visitar a minha irmã mais velha. Gostei do teu novo corte de cabelo, acho que vou fazer um igual.- Diz ela, sentando-se no sofá.- O que há para o pequeno almoço?- Pergunta, olhando para cada canto da casa.

- Nada, agora vai-te embora, que nós precisamos de ir trabalhar, algo que você, mesmo com vinte e cinco anos, nunca ouviu falar.

- Eu seguirei os passos do pai, serei uma pastora.- Diz Filipa, com um ar de superioridade.

- Muito bem, agora vai-te embora.

- É assim que tratas a tua irmã mais nova?

- Filipa, vai-te embora agora!- Diz Joana, com uma voz séria.

- Tudo bem. O pai quer que eu venha viver contigo. Acho que daqui há um mês. Eles vão ao Brasil em reunião, por isso prepara-te, porque nós vamos dividir a mesma casa.- Diz ela sorrindo e logo de seguida, dá um beijo no rosto de Joana bem antes de correr para a porta e fechá-la sem que a irmã tivesse tempo de reagir.

Assim que Filipa sai, Joana dá um grito de raiva.- Agora sim, a tua vida vai ser um inferno.- Comenta Marta.

9 Joana foi até ao ginásio. O médico a aconselhou a fazer exercício físico, para fortificar o organismo. Colocou um fato de treino preto, que Marta lhe tinha oferecido. Joana estava mal disposta, ela não era muito de fazer exercício, mas já não podia desistir, pois Marta já tinha feito a sua inscrição, sabendo que exercício seria a última coisa que Joana quereria fazer.

Joana vai até a passadeira e começa a andar nela,

tão devagar que, dessa forma, ela andava pior que um bebé gatinhando.

~ Acho que você tem que correr mais.~ Diz Hevandrique, para surpresa de Joana, que quase caiu da passadeira com tamanho o susto.

~ O que você faz aqui?~ Pergunta Joana.

~ Acho que vim dormir, é que a minha cama não é muito boa, então eu tenho um fetiche de dormir no ginásio. Sabe, não sei onde é que eu terei ido aprender isso.~ Joana fitou~o, séria.~ Desculpe, só estava a querer animar a nossa conversa.~ Diz ele, rindo da própria piada.

~ Não teve graça.~ Diz Joana, com uma cara de poucos amigos.

~ Eu também faço exercício aqui. Eu também vivo no Saldanha. Tal como você.~ Esclarece, piscando o olho esquerdo à Joana.

- Como é que você sabe que eu vivo no Saldanha?

- No dia da farmácia, eu tive que te seguir, para garantir que chegavas bem a casa.

- E porque que você fez isso?- Pergunta Joana, confusa e com uma cara ainda mais séria.

- Porque você não estava bem, e...- Sem deixar que Hevandrique acabasse de falar, ela cortou-lhe a palavra.

- Eu não sou sua paciente, não sou sua amiga, por isso nunca mais faça isso. Eu não preciso de compaixão de pessoas como você, porque quando você faz esse tipo de coisas só me deixa pior do que eu já estou. Não sei qual é o seu objetivo, mas se é me fazer sentir mal, pode festejar, pois conseguiu.- Diz Joana, com os olhos cheios de lágrimas, tentando evitar que caíssem.

Joana volta à passadeira e continua a fazer a sua caminhada lenta que nem um camaleão. Ao seu lado, Hevandrique começa a correr. Meio incomodada, muda-se para outra máquina, de pernas. Para que não ficasse tão próxima de Hevandrique.

12Joana estava aborrecida, de uma maneira estranha. Hevandrique a perturbava e a deixava bastante irritada. Talvez fosse pelo facto de ela nunca poder ter a chance de sair com ele, por isso o afastava para o mais longe possível. Por mais que ela tivesse gostado da história de António, nem todas as pessoas saudáveis estão dispostas a ficar com uma pessoa doente, e ainda mais uma doença que é transmissível.

- Pode dar-me um pouco de água?- Pergunta Hevandrique, ficando de pé à frente de Joana, limpando o suor com a sua toalha.

- Porque é que você não trouxe?

- Eu até trouxe, só que acabou.

- Então vá à casa de banho.

- Você é uma pessoa muito difícil...- Diz ele, indo em direção à casa de banho.

- Espere!- Exclama Joana, suspirando.

- Muito obrigado.- Diz ele, pegando na garrafa.

- O que você está a fazer?- Pergunta Joana.

- Estou a beber água, não foi para isso que você me chamou?

- Mas você tinha que, pelo menos, esperar que eu lhe desse permissão para beber. Espere, que eu tenho outra garrafa na minha mala.

- Não precisa.- Responde Hevandrique, bebendo da garrafa de Joana.

- Você...- Começa Joana, estupefacta.

- O que foi?- Pergunta ele.

- Nada.

- Então até amanhã, na reunião.- Despede-se ele, dando um beijo no rosto de Joana, deixando-a corada e com um leve sorriso.

    - Olá, gostaria de falar um pouco sobre a minha miserável vida...- Fala Cassandra, entre palavras e soluços.- Eu apanhei o vírus quando recebi uma transfusão de sangue, eu tinha sofrido um grave acidente. O meu filho estava a passar mal na escola, então eu fui ao encontro dele com tanta pressa, que bati contra um camião. Eu estava gravemente ferida e por pouco não morri. Ninguém tinha o mesmo tipo sanguíneo que eu mas, por sorte, apareceu um senhor que me doou um pouco do seu sangue. Graças a isso, melhorei, fiquei internada durante três meses. No dia em que recebi a alta, também recebi a pior notícia da minha vida, estava contaminada. Os médicos estavam tão preocupados a salvar-me a vida que ninguém se lembrou de fazer um exame àquele sangue que estava a ser doado. Contei ao meu marido, que no dia seguinte pediu o divórcio e disse que os meus filhos cresceriam melhor com ele do que com uma mulher infectada. Lutei com ele na Justiça, mas perdi. Até o juiz achou que um seropositivo não tem autonomia suficiente para cuidar de crianças. O meu marido recebeu uma proposta de emprego para trabalhar no Dubai, e foi com meus filhos. Há dez anos que não vejo nenhum deles, um dia destes eu morro e não vejo meus filhos. Só falo com eles pela internet, eles quase não falam comigo e até chamam à madrasta de mãe.

A minha vida está assim, da última vez que vi meus filhos, um deles tinha 14 e o outro 10. Estão crescidos mas nenhum deles tem amor por mim. Quando eu ligo estão sempre ocupados, nunca fiquei mais de dois minutos a falar com algum deles. Tentei refazer minha vida, mas a última pessoa com quem eu andei deixou-me logo que descobriu que eu tinha VIH e, ainda por cima, contou a toda gente. Tive que me mudar e nunca mais consegui voltar para a minha terra natal, por vergonha. Para a minha mãe eu morri e o meu pai tem Alzheimer, nem lembra que tem uma filha. Os meus irmãos tentam dar-me um oi às vezes, mas, no fundo, também têm medo de mim, e só o fazem porque a consciência pesa. Já tentei pôr um fim inúmeras vezes mas, de uma forma estranha, parece que alguém está a impedir-me. Acabei por ter que ficar três meses num hospício. Acho que aquele lugar foi o melhor sítio onde estive nos meus últimos dez anos. Aquela gente pode ser diferente, mas não tem preconceito e lá me sentia bastante bem. Todos os dias me pergunto, porquê, porquê, porquê, porquê, porquê? Eu não fiz nada errado, foi um erro médico, porque tenho eu que sofrer tanto?- Diz, já sem conseguir conter-se, e começou a chorar sem parar.

- Se quiser, pode parar um pouco.- Diz Hevandrique.

- Não, eu quero continuar.- Responde, limpando as suas lágrimas.- Quando eu saí do hospício, pensei que talvez encontrasse pessoas boas, sem preconceito, como aquelas. Mas não, parece que cada pessoa que eu conheço só me deixa cada dia mais decepcionada. Espero que, pelo menos aqui com vocês, eu não me sinta tão sozinha. Ontem, as duas histórias eram tão boas e motivadoras, mas hoje vocês vão ter que se contentar com a porcaria da minha história de vida. Por causa desta maldita doença, eu perdi tudo, não me restou nada! Dependo do Estado para viver, já que tive que deixar o meu antigo emprego e, até hoje, não consegui um novo. Queria tanto que a minha vida mudasse, que os meus filhos voltassem a falar-me, gostaria de encontrar alguém para compartilhar a minha vida, nem que fosse apenas um amigo, porque até isso não tenho.

O clima na sala ficou pesado. Depois do depoimento de Cassandra. Mais ninguém conseguiu dizer nada. Até Hevandrique ficou cabisbaixo com a triste história daquela mulher. Era uma história horrível e ninguém merecia passar por aquilo. Realmente, o destino fora pesado com ela.

15~ Queres beber um café?~ Pergunta Hevandrique à Joana.

~ Não.

~ Vá lá, é só um café...~ Diz ele, tentando fazer uma cara de menino mimado.

~ Eu sei que é só um café mas não me apetece. E está a arrefecer. Não me dirijas a palavra, porque está-me a entrar frio pela boca.

Joana observou que Hevandrique continuava ao seu lado, parecendo estar à espera de alguém mas Joana não queria perguntar nada, para não ter que começar uma conversa.

Joana vê Marta a aproximar-se, a pé.

~ Então Marta, o que aconteceu com o carro?

~ Está muito trânsito, por isso estacionei daquele lado.

~ Ok, então vamos.~ Diz Joana.

- Olá, eu sou a Marta!- Cumprimenta, dirigindo-se a Hevandrique.

- Muito prazer, sou o Hevandrique, amigo da Joana.

- Sério?- Diz Marta, com um sorriso entusiasmado.

- Não, ele é só o psicólogo que ouve as nossas lamentações.- Corta Joana.

- Não é bem assim...- Diz Hevandrique, pondo a mão na cabeça.

- Eu convidei-a, há pouco, para tomar um café, mas fui automaticamente rejeitado.- Diz Hevandrique, esfregando as mãos, para tentar aquecer-se.

- Então vamos, eu conheço um ótimo café...- Sem deixar que Marta acabasse de falar, Joana cortou de imediato o assunto.

- Se quiseres ir, podes ir, mas eu tenho sono e amanhã tenho que trabalhar.

18Joana atravessou a estrada, com Marta a segui-la, dando um tchau para Hevandrique e indo embora com a amiga.

ANAMNESES DE TI

Manta

Joana entrou em casa aborrecida, depois de não falar uma única palavra durante todo o caminho. Marta seguiu-a, numa tentativa de perceber o que se estava a passar.

- O que foi?- Pergunta Marta, fechando a porta.

Joana senta-se no sofá e encosta a cabeça nas almofadas, fechando os olhos. Marta também senta ao lado da amiga.- O que foi?- Pergunta novamente.

Joana senta-se direita e despe o casaco.

- Tu não entendes que ele faz isso porque sente pena

de mim? Ele é o mesmo rapaz da farmácia e, ainda por cima, está no mesmo ginásio e no mesmo bairro que eu.

- Tu gostas dele.- Diz Marta, com pena. Joana olha para Marta com um ar assustado, como se ela tivesse dito o pior disparate de todos.

- De onde tiraste essa ideia?

- Eu sei que é complicado, que tu achas que ele te vai dispensar porque estás contaminada, mas tu não sabes quais são as suas verdadeiras intenções, por isso se gostas dele, devias, pelo menos, dar-lhe uma chance.

- Eu sei muito bem o que ele quer. Ele quer que eu também fique como todas as outras pessoas no centro, tratando-o como se ele fosse um Deus, por isso ele está a ser tão simpático comigo.- Diz Joana, descalçando as botas.

- E se ele gostar de ti, tal como eu agora estou a perceber que tu gostas dele?

- Onde foste buscar isso? Eu não gosto daquela pessoa convencida, além disso, ele nem faz o meu tipo.

- Não foi isso que tu me contaste da primeira vez que o viste.

- Eu tinha visto mal! Agora ou páras de falar no assunto ou te vais embora!

- Tu não precisas de me mentir, sou tua amiga.- Diz Marta, colocando a sua mão por cima da perna da amiga.

Joana olhou para a amiga. Por alguns segundos queria admitir que sim, mas depois desistiu, queria guardar aquilo apenas para si. Talvez, se guardasse apenas para si, um dia aquele sentimento desapareceria.

Martino tinha febres altas todas as noites, algo que estava a preocupar Joana, mas como estava um frio de rachar, e ele também estava gripado, Joana associou a febre à gripe.

- Bom dia.- Diz Joana, apreciando o rosto de Martino, enquanto ele abria os olhos.

- Bom dia.- Responde Martino, dando-lhe um beijo.

- Hoje sentes-te melhor?

- Sim.

- Que tal darmos uma volta?- Pergunta Joana.

- Não me apetece nada sair hoje.- Diz Martino, cabisbaixo, deitando-se na cama e fechando os olhos.

- Então está bem, eu vou dar uma volta sozinha.- Diz Joana, levantando-se da cama.

- Espera... Eu vou contigo.

3 Joana foi até ao café buscar pastilhas, enquanto Martino ficou à espera dela na parte de fora. Quando Joana voltou, Martino já não estava. Tentou perguntar a algumas pessoas mas sem grande sucesso.

Ficou à volta de duas horas à espera dele e nada. Voltou para casa e procurou em todos os cantos de seu apartamento e nada. Ligou para ele várias vezes, mas ia direto ao correio de voz. Joana estava a ficar desesperada, não conhecia a sua família e não tinha o número de ninguém que também o conhecesse, onde será que ele estava?

-Olá a todos, quem vai hoje partilhar sua história conosco?- Pergunta Hevandrique, olhando para Joana, que retribuía o olhar com cara de poucos amigos.

- Posso ser eu.- Diz o dono da casa.- Eu sou o
Francisco e sou seropositivo. Até hoje não consigo
saber qual foi o momento exato em que isto
aconteceu. Eu sempre gostei muito de namorar. Me
lembro que em todas as vezes que tive sexo casual,
usei sempre preservativo, por isso não me lembro do
dia em que apanhei. Também não tive a sorte de
encontrar alguém que me aceitasse do jeito como
estou, mas, mesmo assim, não desisti. Acho que ainda
consigo apaixonar-me por alguém que me aceite pelo
que sou. A minha família apoia-me, tenho um filho
de vinte anos, que também me apoia, ele não tem o
vírus, graças a Deus, e neste momento está em
Coimbra a estudar medicina. A mãe dele vive em
Faro, com uma nova família, e eu, por enquanto, vivo
sozinho desde que o meu filho se mudou para

estudar, mas ele passa sempre as férias aqui. Eu saio com os meus amigos, com os meus irmãos, às vezes com os meus pais. Eles apoiam-me sempre, a única coisa que falta na minha vida é uma companheira. Esta é a minha pequena história.- Termina Francisco, olhando para Cassandra, sorrindo.

- Muito obrigado por compartilhar a sua história conosco.- Agradece Hevandrique.- Mais alguém quer compartilhar algo?

- Eu.- Diz uma das adolescentes.- Eu sou a Mariana, tenho dezoito anos e tenho o vírus VIH, tal como todos vós. Quando eu estava a sair da escola, um grupo de homens abordou-me, pedindo dinheiro. Como eu não tinha, ameaçaram-me com uma faca e obrigaram-me a ir com eles sem fazer barulho. Levaram-me para um lugar isolado. Eu estava em pânico e, na minha cabeça, eu só pensava que aqueles homens iriam matar-me a qualquer momento, mas, ao invés disso, violaram-me, e por consequência disso, eu apanhei o vírus. Nos primeiros dias, eu não aceitei, negava-me a admitir que estava contaminada e, quando a ficha caiu, eu só queria que toda a gente contraísse o vírus. Eu engendrei um plano para conhecer o maior número de pessoas e passar o vírus. A minha mãe encontrou o meu diário e, por sorte, descobriu o plano, levando-me ao psicólogo. Foi aí que conheci o doutor Hevandrique. Posso dizer que mudou a minha vida, e agora já aceito o que tenho, e que não é o facto de eu ter que todas as pessoas devem ter. Vou continuar a fazer o meu tratamento, para que a doença não evolua. Contei o que se passou ao meu namorado e, por sorte, ele apoia-me. Disse que nunca me abandonaria pelo simples facto de eu estar contaminada. Até fiquei surpresa, por ouvir algo deste gênero de uma pessoa tão nova.- Assim que Mariana acaba, Hevandrique dá-lhe um abraço.

- Mais alguém quer compartilhar a sua história connosco?- Questiona Heandrique, mas ninguém se pronuncia.- Então damos a nossa reunião de hoje por terminada.

6 Joana e Hevandrique, como sempre, ficaram por baixo do prédio à espera de Marta, que estava já meia hora atrasada.

- Não acha melhor ligar para ela?- Pergunta Hevandrique, tremendo de tanto frio.

- Você pode ir embora, se quiser.- Diz Joana, também tremendo e, esfregando as mãos.

Hevandrique começou a caminhar e Joana ficou

admirada a vê-lo ir embora. Ela dizia sempre para ele se ir embora, mas nunca pensou que ele fosse de verdade. Se bem que, quando eles estão sozinhos, quase não trocam uma palavra que seja, mas Joana gostava muito da companhia de Hevandrique, mesmo sendo uma companhia muda.

- À sério que você vai embora?- Grita Joana. Porém, Hevandrique continua a caminhar, sem olhar para trás.- Tudo bem, eu não me importo.- Atira Joana, com raiva, sentando-se na porta, à espera de Marta.

- Fui ao outro lado da rua e a tua amiga não apareceu.- Diz Hevandrique. Joana estava com o rosto para baixo e não podia mostrá-lo a Hevandrique, já que estava a tentar esconder um sorriso de alívio por ele não ter ido embora.

- E porque foi que demorou tanto a ir ao outro lado

da rua?- Pergunta Joana, olhando para os pés.

- Fui buscar uma manta que tenho no carro. Eu sei que se eu oferecesse boleia você não aceitaria, por isso aqui tem.

- Não preciso. Pode ir embora, se quiser.

- Acho que quando eu tentei ir, você quase chorou para que eu ficasse.- Brinca Hevandrique.

-Você percebeu mal.- Responde Joana.

- Você quer que eu chame um táxi?

- Eu vou com a minha amiga.

- Você não tem telemóvel? Então porque não lhe liga?

Joana continuou a olhar para os pés, sem dizer uma única palavra.

Hevandrique ajoelhou-se, segurou o rosto de Joana com as mãos, levantando-o e dando-lhe um beijo.

- O que você está a fazer?- Diz Joana, empurrando-o

e levantando-se.

- Desculpe.- Diz Hevandrique, confuso, no chão.

- Eu não sei o que você quer de mim, mas eu não estou disposta a sofrer por alguém que, a qualquer momento, pode trocar-me por uma pessoa saudável.

Joana sai dali irritada, andando o mais rápido possível.

- Espera, Joana!- Pede Hevandrique, levantando-se do chão.

Joana vê um táxi e sobe imediatamente, deixando Hevandrique para trás.

ANAMNESES DE TI

Contra a parede

- Não acredito que ele te beijou!- Diz Marta, aos gritos.

- Calma, foi apenas um beijo.

Marta estava aos saltos na cama, de tão feliz que estava, parecendo uma adolescente que tirou um 20 na prova.

- Pára! Se partires a cama, compras outra!- Diz Joana, tentando apanhar Marta para a obrigar a parar.

- Desculpa, estou tão emocionada! É que hoje um rapaz com quem eu já trocava algumas mensagens convidou-me para tomar um café com ele. Mas agora conta-me! E depois do beijo?

- Eu empurrei-o e fui-me embora, disse-lhe que não vou ficar com ele.

- Mas tu gostas dele.

- Gosto tanto que em todas as noites sonho com o outro.- Ironiza Joana.

- Aposto que quando os teus sonhos chegarem ao fim, tu nem do nome dele te vais lembrar.- Diz Marta, dando um beijo na testa da amiga.

- Quem sabe...- Diz Joana, virando-se para o outro lado.

- Vais já dormir?- Pergunta Marta.

- Claro, amanhã tenho que acordar cedo, ainda mais depois de me darem uma segunda chance, não posso desperdiçá-la.

Marta deita-se ao lado de Joana, abraçando-a.

- Nem pareces a rapariga que queria desistir de tudo, estou muito orgulhosa de ti, amiga.- Diz Marta, fazendo Joana esboçar um sorriso.

Joana acordou com o despertador pela primeira vez em meses. Hoje foi a primeira vez que não sonhou com Martino. Joana está verdadeiramente feliz, parece que os seus pesadelos chegaram finalmente ao fim. O capítulo da sua vida do qual Martino fazia parte parece que deixou agora de existir. Parece que agora ela pode recomeçar.

- Marta, acorda!

- Hhuummmmm, deixa-me dormir...- Resmunga Marta.

- Vais chegar atrasada.

- Aposto que ainda é cedo, tu normalmente acordas

duas horas antes.- Diz Marta, virando-se para o outro lado.

- Eu sei, mas hoje eu não sonhei com o Martino e acordei com o despertador, já são 07h00, boa sorte! Marta, ao ouvir as horas, levanta-se e vai em direção à casa de banho.

- Não!- Diz Joana, bloqueando a porta.- Eu acordei primeiro, logo eu tomo banho primeiro.

- Mas, assim, eu vou chegar tarde!- Diz Marta.

- Enquanto eu tomo banho, tu preparas a tua roupa e escovas os dentes.

3 No grupo apareceram mais dois rapazes, de vinte e poucos anos. Um deles chamado Thiago, que estava com a cara toda amarrada, parecendo que tinha sido obrigado a ir ao grupo de aconselhamento, enquanto que Tomás, o outro, estava com uma cara de cachorro

molhado, com ar de quem tinha chorado toda a noite. Como sempre, Hevandrique chegou cinco minutos depois das 10h00.

- Olá a todos!- Cumprimenta Hevandrique, enquanto todos fazem o círculo habitual.- Olá Tomás e Thiago, sejam bem-vindos. Eu sou o doutor Hevandrique e, como temos novos participantes, eu gostaria de dar o meu depoimento, já que há pessoas que ainda não sabem que eu também sou seropositivo.- Joana olha para Hevandrique aterrorizada. Nunca lhe passou pela cabeça que ele pudesse também ser seropositivo.

- Eu tenho trinta anos e contraí o vírus há trinta anos atrás. A minha mãe e o meu pai eram portadores, pelo que eu nasci com o vírus. A minha mãe morreu durante o parto e o meu pai faleceu quando eu tinha apenas cinco anos. Quem me criou foi um tio. Foi a pessoa que eu considerei como pai, que me criou junto com os seus filhos, sem nunca fazer qualquer descriminação e, principalmente, sem medo algum que eu pudesse transmitir o vírus a um dos meus primos. Eu e um dos meus primos temos a mesma idade, e sempre andámos juntos, desde o jardim de infância. Quando fomos para o liceu, estávamos na fase da puberdade e meu tio dizia-me sempre que o melhor para mim era não namorar, pelo menos, para evitar acidentes. Já que eu conhecia muito bem a minha situação, eu simplesmente obedeci.- Joana olhava para Hevandrique e não conseguia acreditar no que tinha ouvido. Parecia assustada. Parecia que estava a ver um filme de terror, pela cara que ela esboçava.- Quando uma rapariga veio ter comigo e disse que queria ser minha amiga, eu estava feliz da vida, já que ela era uma das raparigas mais bonitas da escola. Só nunca imaginei que ela haveria de se apaixonar por mim, e o meu primo por ela. Durante uma festa na escola, ela deu-me um beijo. Foi o meu primeiro beijo, e foi à frente de todos. O meu primo ficou louco de raiva e lembro que ele deu-me um soco. Eu caí para o chão e ele subiu para cima de mim, dando outros tantos. O meu nariz começou a sangrar. O meu tio sempre me disse para eu não deixar que ninguém tocasse no meu sangue, portanto empurrei o meu primo para que não lho tocasse, mas isso deixou-o ainda com mais raiva. Ele tem VIH, gritou ele. Era uma doença nova e todos tinham medo. A rapariga que tinha me dado o beijo chorava porque tinha medo, já que os professores falavam do VIH como se fosse a pior coisa do mundo. No mesmo dia, o diretor pediu para chamar o meu tio e disse-lhe que eu teria que sair da escola. O meu tio pediu para que eu ficasse apenas até o ano acabar e o diretor aceitou. Foi uma das piores experiências da minha vida. Ninguém me tocava, eu era tratado como uma criatura nojenta. Quando ia para casa, os miúdos atiravam-me pedras e o meu tio tinha que ir sempre à minha procura, porque eu chegava ferido à casa. Eu via que não era o único a sofrer, por isso, eu tinha que ser forte. O meu único desejo era sair daquela escola, mesmo que isso custasse um ano da minha vida, mas eu não podia pedir aquilo ao meu tio, ele fazia tanto por mim, que preferi continuar a sofrer, calado. Até os meus professores tinham medo de mim, eu era isolado e, todos os dias, havia pais a pedirem para que eu fosse expulso o mais rápido possível.

Lembro-me que, uma vez, a rapariga que me deu um beijo, encontrou-me no pátio sozinho e disse-me que, caso eu a tivesse contaminado, ela haveria de me matar. Falou com tanto ódio, que eu fiquei com medo. Ela não era a única que dizia que me mataria se a contaminasse. Mas a sua ameaça foi tão assustadora, que eu sempre rezei para que ela estivesse bem. Que não tivesse contraído o vírus, porque até dela os miúdos tinham medo. Ninguém falava com ela e, de certa forma, ela também sofria com isso. Um dia, eu lembro-me que um grupo de colegas me fez uma emboscada. Eram uns cinco e estavam com paus e pedras. Naquele momento, eu sabia que poderia morrer, olhando para as suas expressões de raiva e ódio. Eles estavam mesmo com bastante ódio de mim, quando, no desespero, eu parti um garrafa e cortei o meu pulso, ameaçando-os com o meu sangue. Por fim, eles correram e desapareceram. À partir daquele dia, eu nunca mais fui à escola. Não contei nada ao meu tio e, todos os dias, durante o horário escolar, eu me escondia numa floresta que havia lá perto. Por outro lado, o diretor não avisou o meu tio, porque já era mesmo o seu desejo que eu saísse de lá, devido a toda uma pressão que estava a ser feita pelos pais dos alunos. Até que o ano acabou e, é claro, eu reprovei. A parte boa é que saí daquela escola. Mas o meu drama não parou por aí. Quando mudei de escola, pareceu que o boato de que havia um aluno seropositivo se havia espalhado. Nos primeiros anos, não sabiam quem era, mas no 5º ano descobriram e, mais uma vez, a minha vida transformou-se num inferno. No entanto, nessa altura, já o conhecimento

acerca desta doença tinha evoluído bastante, não
havendo tanto medo como antes mas, mesmo assim,
ainda havia muito preconceito. Se ainda hoje há,
imaginem antigamente. A minha vida melhorou no
12º ano, quando conheci uma rapariga que não se
importava pelo facto de eu ser seropositivo. A gente
namorou durante algum tempo. Sempre nos
mantivemos informados acerca da doença. Tão bem
informados, que estivemos juntos até o seu pai
descobrir e mandá-la fazer a faculdade fora do país.
Fiquei três anos à espera dela. Mas ela nunca voltou.
Depois a família mudou de casa, e eu perdi o contacto
dela. Já tive três namoradas perfeitamente saudáveis
desde a Carolina. Nenhuma delas ficou infetada. É,
portanto, esta a minha história.- Diz Hevandrique,
suspirando.- Agora, algum dos novos integrantes

quer compartilhar a sua história?- Joana ficou perplexa, a olhar para Hevandrique, sem dizer uma única palavra.

- Eu só quero ir embora.- Diz Thiago, nervoso, querendo sair dali.

- Está bem.- Diz Hevandrique.

- Só tenho vinte e dois anos, como é que isto me foi acontecer?- Chorava Tomás, com a cabeça baixa, murmurando incredulamente por ter o VIH.

- Pára de ser maricas.- Diz Thiago.

- Não me dirijas a palavra!- Responde Tomás, cheio de raiva, fuzilando Thiago com o olhar.

- Agora a culpa é minha?- Provoca Thiago, sorrindo. O que faz com que Tomás saia do seu lugar e parta para cima de Thiago. Os dois caem no chão e Tomás agride Thiago com inúmeros socos. Hevandrique e

António intervêm, separando-os.

- Parem os dois!- Diz António.

- Soltem-me!- Grita Tomás, empurrando António e pegando no casaco, enquanto sai da sala.

- Ele acha que a culpa é minha, até parece...- Diz Thiago, limpando o sangue da boca. Instantes depois, Thiago pega também o seu casaco e se vai embora.

- Parece que hoje não correu muito bem, por isso vamos dar por encerrada a nossa reunião, podemos deixar para a próxima terça-feira.

- Você estava à minha espera?- Pergunta Hevandrique, ao ver Joana sentada nas escadas da casa de António.

- Claro que não.- Diz ela, levantando-se.

- Então, porque não esperou lá fora, como sempre?

- Porque hoje está muito frio.- Mente Joana.

- Só não entendo porque é que ela chega sempre

tarde.- Diz Hevandrique, encostando-se à porta.

- Ela tem coisas para fazer. Diga-me só uma coisa.

Porque nunca me contou antes?

- Contar o quê?- Joana olha para Hevandrique.- Oh,

sobre a doença!?- Exclama Hevandrique.- Pensei que

você soubesse. Claro que, quando nos encontrámos

na farmácia, você não tinha como saber, mas quando

me viu no grupo, pensei que tivesse associado. Claro

que depois eu notei que não, pelas coisas que dizia.

Tentei dar algum tempo, para você descobrir por si

mesma, mas parece que nunca haveria de lá chegar.

- Você está me chamando de burra.- Diz Joana,

indignada.

- Claro que não! Que dicionário complicado você

tem.- Diz ele, sorrindo.

Joana empurra Hevandrique para o lado, irritada, e abre a porta. Hevandrique puxa-a pelo braço, colocando-a contra a parede, encostando o seu rosto ao dela. Joana começa a respirar fundo, enquanto espera, com um olhar aflito, que Hevandrique a beije.

- Desta vez não serei derrubado?- Pergunta Hevandrique, roçando os seus lábios nos lábios de Joana, e baixa-os, começando a dar beijos no seu pescoço. Hevandrique coloca a mão por baixo da blusa de Joana, acariciando as suas costas.

- Vai-me dar um beijo à que horas?- Pergunta Joana, ao ouvido de Hevandrique. Nesse momento o telefone de Joana vibra e Hevandrique retira a mão das suas costas, colocando-a na cabeça.

- Parece que não vai ser hoje.- Diz ele.

ANAMNESES DE TI

Marta

Joana acordou às seis da manhã, em pleno sábado, tomou um banho demorado, colocou um fato de treino, que ela própria tinha comprado e que deixava o seu rabo bem definido, bem como o decote marcado. Fez uma maquilhagem simples e colocou um pouco de perfume. Não queria estar feia, já que iria encontrar Hevandrique.

- Pára de fazer barulho!- Implora Marta, tapando a sua cabeça com os lençóis.

- Tu vais voltar para a tua casa hoje.- Diz Joana,

pondo um brilho nos lábios.

- O quê?- Pergunta Marta, sentando-se na cama, admirada.

- Hoje eu quero ficar sozinha.- Responde Joana.

- O quê? Não acredito que tu vais sair com ele!- Diz Marta, animada.

- Talvez. Tudo depende do encontro de hoje.- Diz Joana pegando na mala e dirigindo-se à porta.

- Boa sorte!- Grita ainda Marta.

Joana olhava para todos os lados e não conseguia ver Hevandrique. Parece que, precisamente hoje, ele decidiu faltar. Sempre que ela chegava, ele já se encontrava lá, mas hoje, para o azar de Joana, parece que não.

- Olá!- Joana vira-se, animada, com a esperança de ser Hevandrique. Ficando decepcionada ao ver que era apenas um dos seus colegas de ginásio. Sempre o viu lá, já que ele era bastante alto e tinha um bom físico, logo não passava despercebido aos olhos das mulheres. Mas nunca tinham falado. O que será que o fez falar com ela hoje? Pensava Joana.

- Olá.- Diz Joana.

- Você parece estar à procura de alguém... Sou o Marco.- Apresenta-se, sorrindo.

- Sou a Joana, e não estou à procura de ninguém.- Diz Joana, um pouco envergonhada.

- Nem de mim?- Pergunta ele, com ar convencido, deixando Joana boquiaberta.

- Que tal nós tomarmos um café, quando acabarmos de treinar?

- Desculpa, fica para a próxima. Eu já tenho coisas marcadas para hoje.

- Okay, então podemos marcar para um outro dia.- Responde Marco, com uma expressão triste no olhar.

- Claro.- Diz Joana, tentando forçar um sorriso.

- Então até mais.- Despede-se Marco, dirigindo-se aos balneários.

3 Joana respira fundo e, dando meia volta, quase cai para o lado ao ver Hevandrique parado atrás de si, com um sorriso, que a deixou toda derretida.

- Oi...- Diz Joana, suspirando.

- Parece que tens um encontro.- Diz Hevandrique.

- É só o Marco. Ele é nosso colega de ginásio, nada de importante.- Esclarece Joana, um pouco confusa.

- Uau, e eu que queria convidar-te para sair, acho que também vou levar um não.- Diz Hevandrique, tentando fazer uma cara de bebé mimado.

- Só irás saber se convidares.- Diz Joana, caminhando

para a passadeira, com um sorriso vitorioso no rosto.

- Tens planos para hoje à noite?- Grita Hevandrique.

- Podes ir buscar-me às 08h00.- Responde Joana.

- Eu pensei que tinha dito para te ires embora.- Diz Joana, com os olhos fechados, enquanto Marta a maquilhava.

- Se eu fosse, quem haveria de te maquilhar, ingrata?

- Não te quero ver aqui depois das 10h00.

- Que egoísta. Eu estava com planos de fazer uma ménage a trois.- Brinca Marta.

- Não me faças rir, senão ainda saio daqui borrada.- Diz Joana, tentando conter o sorriso.

- Não te preocupes, que eu sou profissional.

A campainha toca, deixando Joana nervosa. Vai até ao espelho e vê a sua maquilhagem um pouco exagerada, por conta do batom vermelho carregado e dos cílios postiços que a amiga a obrigou a colocar, para além do seu vestido ser um pouquito decotado de mais.

- Estou a me sentir uma vadia. Só faltou colar um come-me na minha testa.- Reclama Joana.

- Estás linda. Além do mais, é para isso que eles servem.- Diz Marta, sorrindo.

- Deixa-me ir abrir a porta.- Diz Joana, olhando, nervosa, para a amiga.

- Vai lá, não deixes o homem à espera. E que tenhas a depilação feita!- Diz Marta, fazendo o coração de Joana cair ao chão por lembrar-se que não está com a depilação em condições. Vira-se e olha para a amiga, com uma cara de pânico.

- Não depilei as virilhas!

- Meu Deus!- Diz Marta, levantando-se da cama e

correndo em direção a Joana, levantando o vestido e espreitando sob as cuecas.- Isso não está muito bem...

- O que faço?

- Tens que passar uma lâmina!- Sugere Marta.

- Mas eu sou alérgica à lâmina.- Responde Joana, preocupada.

- Tens creme depilatório?

- Não, nunca fiz depilação em casa.

- É assim, eu tenho aqui lâminas novas. Vai ter que ser com lâmina, ou ficas com a macaca cabeluda.

- Okay, dá-mas. Abre a porta e distrai-o durante um bocado.

- Tudo bem.- Acede Marta.

6 Marta vai até à sala e vê pelo buraco da porta. Era realmente Hevandrique. Abre a porta de seguida.

- Olá!- Cumprimenta ela, dando-lhe dois beijos.

~Olá!

Hevandrique tinha, igualmente, caprichado no visual, colocando uma camisa branca, um blazer cinzento e umas calças jeans azuis. Parecia ter diminuído os seus cabelos pretos, realçando, ainda mais, os olhos claros.

~ Podes entrar e sentar-te, que ela vem já.

~ Obrigada. Vocês vivem aqui as duas?

~ Sim, não... Às vezes nós dormimos juntas.~ Diz Marta, surpreendendo Hevandrique.~ Não dormimos juntas da maneira que estás a pensar.~ Retifica ela, sorrindo.

~ Eu sei.

~ Por vezes fico para lhe dar algum apoio, tendo em conta esta nova situação. E tu, és médico?~ Pergunta Marta, tentando mudar de tema.

~ Sou psicólogo.

- Boa, a minha primeira opção era mesmo a Psicologia, mas acabei por optar mesmo pela Economia.

- Já a minha primeira opção era Medicina, mas fui impedido de seguir essa área, por isso, fui obrigado a contentar-me com a Psicologia.- Diz Hevandrique.

- Olá!- Cumprimenta Joana, saindo do quarto.

- Olá!- Responde Hevandrique, levantando-se.

ANAMNESES DE TI

Exame

Hevandrique levou Joana ao Galatto. Não era a sua primeira opção, mas não conseguiram fazer reserva no restaurante que inicialmente queriam. Hevandrique puxou a cadeira para que Joana se sentasse.

- Gosto deste sítio.- Diz Joana.

- Eu também.

Joana começou a sentir uma ligeira comichão na sua vagina. Mas não podia, simplesmente, no meio do jantar, colocar a sua mão lá e se coçar.

- O que vai ser?- Pergunta Hevandrique, com os olhos concentrados em Joana.

- Podes sugerir algo.- Responde Joana, que perdia a guerra contra a alergia que não a deixava em paz, chegando mesmo a ficar com a boca trêmula, e já com algum suor no rosto, tentando conter-se para não fazer uma cena.

- Estás bem?- Pergunta Hevandrique, notando o ar aflito de Joana.

- Sim!- Mente ela, respirando fundo e fingindo um sorriso.

- Se quiseres, podes ir à casa de banho.- Brinca Hevandrique, com um sorriso irónico.

Joana ficou pensativa durante uns segundos, mas acabou por se levantar, informando que, de facto, já estava a ficar aflita.

Joana sentou-se no lavatório e levantou o vestido, retirando, de seguida as cuecas e vendo, com horror, a sua vagina vermelha e com pequenas borbulhas à volta. Pior do que tudo, era o odor insuportável que sentia. Sem conseguir resistir mais tempo, Joana comete o erro de se coçar, provocando uma maior erupção de borbulhas e criando pequenas feridas.

~ Meu Deus!~ Suspira.~ Maldita sejas, Marta!~ Joana tentou levantar-se, sentindo uma dor imensa ao tentar fechar as pernas. A comichão era cada vez maior, aliada agora à dor causada pelas feridas.~ Porque é que eu não trouxe minha bolsa?~ Reclamou para si própria, sentada no lavatório à procura de uma solução. Depois de muito pensar, Joana decide levantar-se apesar da dor, tentando andar com as pernas ligeiramente abertas. Ficou parada a olhar para Hevandrique, que se encontrava de costas para ela, tentando pensar numa explicação plausível. Por coincidência, Hevandrique vira-se naquele momento e depara-se com Joana à porta da casa de banho. Levanta-se e dirige-se a ela.

- Está tudo bem?

- Queria dizer que sim, mas acho que tenho que voltar para casa.- Responde Joana, aflita, tentando controlar-se para não enfiar a mão por baixo do vestido e começar a coçar-se ali mesmo, à frente de todos.

- Claro, vai andando para o carro que eu vou buscar as nossas coisas.- Diz Hevandrique, encaminhando-se para a mesa.

Joana tentou dar um passo, mas aparentemente terá criado uma enorme ferida na sua vagina, de tal forma que nem conseguia andar. Sentia a alergia a alastrar-se a outras partes onde tinha passado a lâmina, tais como o rabo e as virilhas. Começando aí também a sentir uma comichão insuportável.

- O que foi?- Pergunta Hevandrique ao ver Joana ainda no mesmo sítio.

- Acho que não consigo andar.- Confessa Joana, coçando a testa, envergonhada.

- Mas porquê? O que aconteceu?

- Estou com uma alergia, que me impossibilita de mexer.

Hevandrique coloca a mala de Joana à volta do pescoço e a ajuda a vestir o casaco.

- Vem, eu levo-te ao colo.- Oferece.

- Acho que assim também não vai ser possível, porque isso implicaria fechar as pernas, algo que também não consigo.

- Ah, tu só não podes fechar as pernas?- Diz ele,

confuso.

- Sim.

- E se fores às minhas cavalitas?- Joana abana a

cabeça, dizendo que também não seria possível.-

Então espera aqui, que eu já volto.- Diz Hevandrique,

saindo rapidamente sem olhar para trás.

Joana ficou à espera de Hevandrique, aflita, com as

suas partes íntimas a pegarem fogo.

3 - Onde estás?- Sussurra Joana, quando, vinte

minutos depois, Hevandrique chega com uma cadeira

de rodas, deixando Joana mais aliviada.

Após se sentar, Hevandrique a guia até à viatura. Lá,

ele colocou-a no carro com o maior cuidado possível

e, de seguida, colocou a cadeira de rodas no porta-bagagens, e arrancaram dali o mais depressa possível.

- Nós tínhamos que ir na outra direção.- Diz Joana.

- Vamos ao hospital.

- Não! Não é necessário!- Responde Joana, aflita.

- Tu não estás bem e não queres ir ao hospital?

- É só um pequeno problema, eu depois resolvo.

Hevandrique pára o carro ao lado de um prédio, que

tinha uma placa de estacionamento proibido.

-Deixa-me ver.- Diz Hevandrique, acendendo a luz.

- O quê?- Diz Joana, aflita, colocando as mãos nas

pernas. Hevandrique baixou a cadeira de Joana,

tentando levantar o vestido, mas Joana impediu-o.- O

que é que pensas que estás a fazer?- Grita.

- Tu não estás bem, eu sou médico e posso ajudar.

- Tu és psicólogo!

- Mas sou especialista em primeiros socorros.

- Não, não! Tira as mãos do meu vestido!- Grita novamente Joana.

- Calma, eu só vou ver.- Hevandrique consegue pôr o vestido de Joana para cima, tentando baixar-se para ver o que se passava entre as suas pernas.

- Pára com isso, eu nunca mais vou falar contigo!- Grita Joana, mas sem grande efeito.

Quando ouvem uma batida no vidro do carro, Hevandrique larga Joana, que imediatamente baixa o vestido, bem como o vidro do carro.

- Olá.- Diz um polícia, apoiando-se na janela do carro, bem encostado a Joana.

- Eu vou ter que vos multar por dois motivos. Por fazerem sexo no carro e por estacionarem numa zona proibida. E, já agora, podem dar-me os vossos documentos de identificação e a carta de condução. E saiam do carro, por favor.

Hevandrique saiu do carro imediatamente, dando a volta para falar com o agente.

- Acho que é engano, nós não estávamos a fazer sexo no carro!

- Aposto que ela estava com a cadeira do carro baixa porque estava com muito sono...- Ironiza o agente.

- Eu sei que parece estranho, mas ela está a passar mal e eu estava a tentar ajudá-la.- O polícia olhou para Hevandrique, com uma cara de quem diz, eu não acredito em você, e sem mais argumentos, Hevandrique recebeu a multa e voltou para o carro.

- Ele multou-te?- Pergunta Joana.

- Claro! Se não fosses tão cabeça dura, talvez não estivéssemos nesta situação.

- A culpa é minha? Eu disse que não queria, tu é que

insististe!

Hevandrique arrancou antes que aparecesse outro polícia para multá-lo.

- Eu não vou sair.- Diz Joana.

- Mas tu precisas de ir ao médico.

- Não!

- Olha, nós temos VIH. Não temos uma saúde a 100%. A nossa imunidade é mais fraca e um pequeno problema até, como uma simples gripe, nós temos que procurar um médico. Por isso, por favor…- Joana olhou para Hevandrique durante uns minutos, pensando se deveria ou não passar por essa vergonha.

- Está bem.- Acabou por ceder.

Joana estava deitada na cama do hospital para repousar após o médico a passar uma pomada que aliviou a dor, deixando-a mais relaxada. O bom é que

Hevandrique não viu a sua vagina feia, já que ela só aceitou ser examinada se ele ficasse do lado de fora do quarto.

Hevandrique entra, por fim, no quarto, puxando uma cadeira e sentando-se ao lado de Joana.

- Tu és alérgica a lâminas, mas mesmo assim usaste?- Pergunta Hevandrique, com um espanto enorme espelhado no rosto. Joana tentou controlar-se, para não amaldiçoar o médico que a atendeu.

- Como é que soubeste disso?- Pergunta Joana, cerrando os dentes.

- O médico que te examinou estudou comigo na faculdade e acontece que somos uma espécie de melhores amigos.

Joana virou-se para o outro lado, dando as costas para Hevandrique, não sabendo o que fazer, já que o sentimento de embaraço era demasiado grande.

- Porque foi que fizeste a depilação?- Pergunta ele, num tom de brincadeira.

- Vai-te embora, que eu quero dormir!- Refuta Joana, evitando responder à pergunta.

- Olha que se foi para dormires comigo, não era preciso. Eu sou difícil e só durmo com mulheres após um mês.

Joana pegou na sua almofada e mandou-a contra Hevandrique.

- Vai-te embora!- Gritou ela.

- Calma!- Diz ele, com um sorriso irritante.

- Agora!- Volta a pedir Joana, aos berros.

ANAMNESES DE TI

Timidamente

Joana colocou um largo vestido preto com bolinhas brancas, que chegava até aos joelhos, umas sabrinas pretas e um sobretudo branco. No rosto, apenas uma base e um batom rosa. Já Marta, queria arrasar como anfitriã da festa, colocando umas calças jeans azuis, uma blusa branca com bastante decote, uns sapatos altos pretos e um blêizer preto. Fez uma maquilhagem completa, com direito a sobrancelhas postiças, e carregando o batom vermelho ao extremo.

- Estou muito simples?- Pergunta ela à Joana.

- Tu vais ao jantar de anos do teu namorado, não vais ao teu noivado!- Diz Joana, com uma cara de poucos amigos.

- Eu sei. Mas tu sabes que é recente, e que nos vemos pouco porque ele está sempre no hospital, e só lá vão estar os seus amigos mais chegados e a família. Não posso deixar passar esta oportunidade de conquistá-los a todos.

- Vamos, senão daqui há pouco eu desisto de ir.- Diz Joana, ainda aborrecida com Hevandrique por tê-la humilhado tanto.

- Aposto que sei qual é o motivo. Mas porque é que tu não lhe ligas?

- Ele é que deveria ligar, não eu! Foi ele que foi um idiota, me fazendo sentir uma qualquer. Só faltou falar que foi por ser tão apressada que eu apanhei essa doença.

- Não precisas exagerar, aposto que ele só estava a

brincar e, além disso, ele ligou. Ligou três vezes e

todas no mesmo dia.

- Acho melhor irmos andando, já estou a ficar

aborrecida.

Joana e Marta chegaram ao Sabor Mineiro e, logo

que Marta viu António, deu-lhe um beijo e uma

prenda que lhe tinha comprado.

Joana olhou para António durante muito tempo, sabia

que o conhecia, ela já tinha visto aquele rosto em

algum lugar. Ele parecia um homem português

comum, com 1,70 m, cabelos pretos e olhos

castanhos escuros, sua barba meio grande. Onde é

que ela já tinha visto esse homem?

- Anda Joana.- Diz Marta.

- Olá António, eu sou a Joana.- Apresenta-se, cumprimentando com dois beijos.

- Eu conheço-te.- Diz António.- Joana ficou admirada, já que pensava que apenas o vira na rua, uma vez, tendo ficado com o seu rosto na cabeça, mas afinal estava enganada.

- Sério?

- Há duas semanas foste ao hospital com o Hevandrique e fui eu que te atendi.- Joana ficou de boca aberta. António é o melhor amigo de Hevandrique, logo hoje que ela não estava com paciência nenhuma para aturar Hevandrique.

- Falando nele, aí está.- Diz António.

Joana vira-se, o seu coração bate forte e quase perde os sentidos ao ver Hevandrique e, principalmente, ao vê-lo com uma rapariga.

3 Especada a olhar para ele, pasmada, só conseguia pensar em como lhe apetecia desaparecer dali. Hevandrique olha para ela e sorri, deixando Joana com mais raiva ainda.

- Olha quem está aqui!- Diz ele, com o seu sorriso típico.

Naquele momento, o sorriso de Hevandrique acabou por ter um efeito duplo, já que Joana estava com raiva e, ao mesmo tempo, derretida pelo seu charme. Os seus cabelos escuros e húmidos, como os cabelos de alguém acabando de sair do banho e, os seus olhos parecendo ainda mais verdes à noite. Talvez pela roupa preta que estava a usar, que o deixou ainda mais atraente, para grande azar de Joana.

- Vamos sentar-nos.- Diz António.

- A Samira e a Tereza?- Pergunta Hevandrique.

- Nenhuma das duas confirmou.- Responde António.

Hevandrique sentou-se ao lado de Elisabeth, a mulher que vinha com ele, enquanto que António se sentou no meio de Marta e Joana.

- O mundo é bastante pequeno...- Comenta Hevandrique, deixando Joana com mais raiva ainda, porquanto ela estava mesmo em frente a Hevandrique. Mas quase não conseguia fitá-lo nos olhos. Ficando com a carinha baixa e olhando para o prato vazio.

- As conheces?- Pergunta Elisabeth.

- Sim.

- Eu vou à casa de banho.- Diz Joana, levantando-se.

- Claro, nós esperamos por ti. Tenta não chegar à hora da sobremesa.- Ao ouvir Hevandrique falar, Joana lança-lhe um olhar fuzilador que o deixa calado, mas pedindo desculpas de seguida.

Joana dá dois passos e volta, agarrando na sua mala, indo embora, de seguida.

- Joana!- Grita Marta, levantando-se.

- Deixa que eu vou.- Diz Hevandrique, indo atrás de Joana.

- Espera!- Pede Hevandrique, agarrando a mão de Joana e impedindo que ela entre no carro.

- O que foi?- Grita Joana, puxando o braço com violência.- Eu pensava que tu gostasses de mim, mas depois me tratas como se eu fosse uma qualquer, sem sequer um pedido de desculpas. Hoje apareces aqui com outra rapariga e, ainda por cima, queres fazer piadas sem graça?- Hevandrique olha para Joana, admirado, sem saber o que falar.

- Eu liguei-te...- Acaba por dizer, baixinho.

- Ligaste três vezes e, depois, ficaste duas semanas sem dar notícias. Nunca pensei que me apaixonaria por um idiota como tu.- Hevandrique sorri, deixando Joana com mais raiva.- Tu estás a rir-te, ainda por cima!?- Acusa Joana, irritada.

- Não é todos os dias que ouves uma mulher dizer que está apaixonada por ti!

- Tu és tão irritante...- Replica Joana, entre dentes.

- Eu sei.- Hevandrique puxa Joana para junto de si e tenta dar-lhe um beijo, mas Joana vira o rosto, tentando afastá-lo, mas sem grande sucesso, já que Hevandrique agarrou-lhe o rosto e conseguiu roubar-lhe um beijo.

- Não me toques!- Diz Joana, empurrando-o para longe.

- Sabes que nós estamos a dar um espetáculo aqui na

rua? Todos estão a olhar para nós.- Joana mirou à sua volta e, realmente, estava um grande grupo de pessoas parado a olhar para eles. Com raiva, Joana abre o carro, que Hevandrique torna a fechar de seguida.

- Ela é só uma amiga. Também estudámos juntos no tempo da faculdade, e eu não voltei a ligar porque queria dar-te um tempo.

- Larga a porta do meu carro.

- Eu até posso largar, mas apenas se prometeres que não te vais embora.

- Quem decide isso sou eu.

- Eu também gosto de ti.- Admite, retirando a mão da porta do carro de Joana. Ela ficou parada, sem saber o que fazer, e Hevandrique ficou trás dela. A olhando apenas.

- Mas?!- Grita, de repente, Samira, uma das amigas de Hevandrique. Samira, mais uma das suas amigas.

- Olá Samira.- Cumprimenta-a ele, dando-lhe dois beijos.- Joana virou-se para ver quem era e Hevandrique apresentou-a, dizendo-lhe que Joana era a sua nova namorada. Nesse momento, pega na mão de Joana e volta a dirigir-se para dentro do restaurante.

- Então vocês andam a sair?- Pergunta Samira.

- Sim!- Responde Hevandrique.

- Muito gira!- Elogia Samira.

- Olha, eu tenho algo para te dizer. Eu acho que o Luís está a vir para cá. Encontrei-o no Hospital e, sem querer, falei-lhe deste jantar. Creio que ele se auto-convidou.

- Não faz mal.- Responde Hevandrique, nervoso.

- Falando nele...- Alerta Samira.

- Olá primo!- Diz Luís, virando-se e sorrindo.

- Olá Luís.

- Estás com uma miúda muito gira! Ela sabe que tens SIDA?- Diz, virando-se e dando mais um gole na cerveja. Joana olha para Hevandrique com uma cara de pânico. Hevandrique puxa de uma cadeira para que ela se possa sentar, fazendo o mesmo de seguida, sem responder ao primo.

- Não me lembro de te ter convidado.- Diz António.

- Que maldade! Nós estudámos juntos, somos amigos, era o mínimo que eu poderia fazer.

- Como vai o teu tratamento? Tens que ter muito cuidado, nesta época as gripes podem levar-te para o caixão.- António levanta-se, suspirando, pedindo a

Luís que vá embora.

- O que foi que eu fiz? Não posso preocupar-me com o meu primo?

- Tu nunca vais superar aquilo?- Pergunta António.

- Eu já superei, amigo, não te preocupes.- Responde Luís, com um sorriso falso no rosto. Hevandrique parecia apenas uma criança a tentar conter o choro.- Eu até estou preocupado com o meu primo...- Insiste ele, com um sorriso irónico.- Como vai a doença? Será que já se transformou em SIDA?- Diz, olhando para Hevandrique, com um tom de voz elevado, fazendo com que todos os que estavam no restaurante olhassem para eles. António atirou o copo de cerveja à cara de Luís, partindo para cima dele. Os dois caíram ao chão, António por cima, agredindo Luís aos socos. Hevandrique levantou-se e puxou o amigo com a ajuda de três empregados do restaurante, enquanto Luís ficou no chão com a boca toda cheia de sangue.

- Tu só podes ser doente.- Diz António, agarrando nas suas coisas e saindo com Marta. Ao chegarem à porta, António vira-se e pergunta aos amigos se não viriam.

- Sim, claro!- Responde Samira.

- Vamos, Hevandrique?- Pergunta Elisabeth.

- Vocês podem ir andando, eu vou pagar os estragos.- Diz Hevandrique, olhando cabisbaixo para Luís, que continuava deitado no chão, a olhar para o teto e com um sorriso nos lábios, parecendo um psicopata.

- Vá lá, levanta-te.- Diz Samira, olhando para Luís.

- Parece-me que levei uma tareia, preciso de descansar.

- Por amor de Deus, sai daí! Já trouxeste muitos problemas.- Diz Elisabeth.

Luís levanta-se e fica parado a olhar para Elisabeth, com uma cara de pouco amigos, dando a sensação de que poderia atacá-la a qualquer momento.

- Tu achas que eu sou o culpado?- Diz ele, já alterando mais uma vez o tom da sua voz.

- Peço desculpa, meus senhores, mas terão que se retirar.- Informa um dos empregados.

- Nem precisava de ter dito.- Responde Luís, saindo do restaurante.

6 Ao saírem do restaurante, as três encontram Luís encostado ao carro de Hevandrique, fumando um cigarro.

- A sério?- Diz Samira, incrédula.

- O que é que tu ainda estás a fazer aqui?- Pergunta Elisabeth.

- A fumar. Além disso, eu preciso de ir para casa com

o meu primo.

- Eu levo-te à casa.- Diz Samira.

- Não.- Recusa ele, dando mais uma baforada no cigarro.

Joana observava Luís. Parecia um tipo normal, loiro, com olhos castanhos claros, estava bem-vestido, com umas calças jeans, uma camisa branca e um casaco de fato, cinzento. Calçava uns sapatos pretos e não parecia um louco, era até um homem bastante atraente. Ao olhar para ele, ali parado a fumar, nem parecia a mesma pessoa que fizera todo aquele escândalo no restaurante.

- Por favor...- Implora Samira.

- Raios...- Diz Luís, atirando o cigarro para o chão. Depois, olha para Joana...- Tem muito cuidado com o meu primo. Ele está sempre rodeado de mulheres, é uma espécie de Don Juan sero-positivo. Todas o amam, mesmo depois de descobrirem que está contaminado. Eu até imagino que deve ser a doença a torná-lo ainda mais atraente, só pode!- Joana suspira, começado a ficar nervosa.- E sabes mais uma coisa? Ele já andou com estas duas.- Lança, ainda, Luís, com um sorriso maléfico nos lábios. Samira começa a ir-se embora, nervosa e andando o mais depressa que pode.

- Espera por mim!- Grita Luís.

- Eu também vou andando Joana...- Diz, timidamente, Elisabeth.- Desculpa por toda esta confusão.

Hevandrique sai do restaurante passados quinze minutos e abre o carro, entrando sem dizer uma única palavra. Joana fica a olhar para ele, do lado de fora do carro, com cara de poucos amigos.

- Vamos?- Pergunta Hevandrique, colando o rosto à janela.

- Eu acho que nós precisamos de conversar.- Ele sai do carro e encosta os braços à porta, olhando para Joana.

- A sério que queres conversar agora, com esse frio?

- O que foi aquilo que aconteceu ali dentro? Porque é que o teu primo te odeia tanto? Pelo que me contaste, tu é que tinhas todo o direito de o odiar, não o contrário. Então porquê? O que fizeste para ele para que ele sinta toda essa raiva contra ti?

- Primeiro, isso é passado, e segundo, eu não vou falar do meu passado contigo.

- O quê?- Diz Joana, admirada e chocada com as palavras de Hevandrique.

- Vamos embora.- Termina, entrando no carro.

- Teres andado com todas as tuas amigas também é passado?

- Vais entrar ou não?

- Não.

Hevandrique arranca o carro, deixando Joana ali completamente boquiaberta. Nem de longe nem de perto, ela acredita que aquilo lhe está a acontecer.

Ficou uma hora à espera de Hevandrique, na esperança de que ele voltasse, mas, para sua surpresa, ele não voltou.

Apatia

- Ele deixou-te sozinha?- Perguntou Marta, que quase se engasgava com o copo de leite.

- Que nojo!- Reage Joana, ao ver a amiga a cuspir o leite que tinha na boca para dentro do copo.

- Vais ter que me comprar um copo novo!- Avisa Joana, levantando-se da mesa e se deitando no sofá.

- Ele não ligou ainda?- Pergunta Marta, aproximando-se de Joana enquanto senta a seu lado, na parte inferior do sofá.

- Não ligou nem atendeu a minha chamada. Quando

tentei telefonar-lhe, nada!

- E agora?- Pergunta Marta.

- E agora acabou. Ele acha que pode brincar comigo, como fez com as outras, mas está muito enganado.

- Estás à espera de alguém?- Pergunta Marta, ao ouvir o toque da campainha.

- Não! Talvez seja algum vendedor ambulante ou um evangelizador.

- Deixa estar, que eu vou lá ver.- Oferece-se Marta, que fica admirada ao abrir a porta e deparar-se com Hevandrique.

- Tu?

- Olá, Marta.

- Podes entrar, que ela está na sala. Eu já estava mesmo de saída.

Hevandrique vai até à sala e encontra Joana deitada

no sofá, ficando parado a olhar para ela.

- Quem era?- Pergunta Joana, ainda de olhos fechados.

- Sou eu.- Responde Hevandrique.

Ao ouvir a sua voz, Joana levanta-se, ficando de frente para Hevandrique, tentando alisar o cabelo em desalinho.

- O que estás a fazer aqui?- Pergunta, forçando uma cara séria.

- Tens um pijama giro.- Diz Hevandrique, com o seu sorriso de brincalhão, ao ver o pijama de inverno de Joana.

- Não perguntei a tua opinião acerca do meu pijama.

- Eu queria pedir desculpa.- Diz ele, agora com um tom de voz mais sério.

- Não estás desculpado, agora vai-te embora, que eu

preciso de dormir.

- Eu fico aqui à espera.

- Eu não te pedi para ficares aqui à minha espera, eu só quero que te vás embora.- Pede Joana, dirigindo-se ao quarto, irritada. Na casa de banho, tira o pijama e deita-se na banheira, tentando relaxar ao som da música do seu telemóvel. Lá ficou durante alguns minutos, mas o incómodo não a deixava relaxar devidamente, pelo que se levanta e pega na toalha. Sai da casa de banho e assusta-se ao ver Hevandrique parado à porta.

- Eu pensei que tinha te mandado embora…

- Tu estás certa. Eu agi mal na noite passada, não deveria ter feito aquilo, é só que eu ainda não estou pronto para falar dessa parte negra do meu passado. É algo que eu sei que fiz mal, e até hoje isso ainda me atormenta.

- Podes parar de falar. Eu já disse para te ires embora, que eu já não quero saber.- Hevandrique avançou um passo, fazendo com que Joana, a entrar em desespero, implorasse para que ele não se aproxime mais.

- Porquê?- Pergunta, continuando a avançar, lentamente.

- Porque a casa é minha e eu é que decido quem pode andar nela.- Responde, apavorada. Ela sabia a atração que Hevandrique provocava em si, de tal forma que ela mal se conseguia conter. Isso, assustava-a, de uma maneira estranha.- Se deres mais um passo, eu chamo a polícia.- Ameaça Joana, agarrando o telemóvel. Hevandrique puxou-a pelo braço e deu-lhe um beijo, que foi totalmente correspondido por Joana, agarrando-a com força e apertando-a para junto de seu corpo. Com a mão direita, retirou a toalha, deixando-a totalmente nua. Sem parar de a beijar. As suas mãos a acariciarem as suas partes íntimas. Hevandrique apercebe-se que Joana já está completamente molhada, deixando-o excitado, beijando-a cada vez mais, e deitando-a na cama, e fazendo pequenos movimentos bruscos, deixando-a cada vez mais excitada.- Já estou pronta...- Diz Joana, com uma voz quase de súplica. Sem pensar duas vezes, Hevandrique abriu as calças, e penetrou-a, fazendo com que Joana gemesse, de uma forma sensual e excitante, penetrando-a cada vez com mais força, sem parar de a beijar. Hevandrique virou-a, colocando-a de gatas, primeiro passando o seu dedo com bastante saliva e depois penetrando-a. Joana nunca tinha feito desta forma, mas estava tão excitada, que só teve que suportar a dor, que com o tempo diminuía, dando espaço a um prazer ainda maior. Joana acabou por se deitar após atingir o orgasmo, enquanto que Hevandrique ainda continuava a penetrá-la, até também atingir o êxtase.

Joana abriu os olhos e notou que o quarto estava escuro. Agarrou no telemóvel e ficou admirada por já serem 16h45. Vira-se e nota que Hevandrique já não se encontra a seu lado na cama. Levanta-se. Cobrindo-se com o roupão, vai até à sala, suspirando de alívio ao ver Hevandrique deitado no sofá. Este levanta-se ao ouvir os passos de Joana se aproximando.

- Por fim, acordaste!

- Pensei que já tivesses ido embora, o que estás a fazer aqui, ainda?

- Não acredito que ainda estás chateada comigo.

- Achas que!... Que o sexo resolve tudo? Deves estar muito mal acostumado.- Hevandrique ficou parado, a olhar para Joana, sem dizer uma única palavra.- Pára de olhar assim para mim.- Diz Joana, tentando fugir do seu olhar enquanto se senta no sofá, virando o rosto para o lado. Hevandrique suspira e pega no casaco.

- Então eu vou para casa.- Joana se conteve para não lhe pedir para ficar. Era o que desejava, mas ainda estava bastante magoada pela noite anterior e não queria, simplesmente, esquecer tudo, como se nada tivesse acontecido. O seu orgulho a impedia de lhe pedir isso.

Hevandrique dirige-se à porta e a abre, informando mais uma vez que se vai embora.

Joana levanta-se e pede-lhe para esperar.

- Se quiseres eu posso encomendar algo para comermos.- Diz.

Hevandrique dirige-se a ela e dá-lhe um abraço, deixando-se ficar assim durante minutos.

- Esta porta já não fecha?- Joana afasta Hevandrique. Não podia acreditar que era Camila Filipa! Vê-la acompanhada das suas malas a deixou ainda mais nervosa.

- O que fazes aqui?- Diz Joana, admirada ao ver a irmã.

- Eu disse-te que o pai e a mãe iriam viajar, portanto, eu vou ficar contigo.

Joana já se tinha esquecido disso, por completo. Pelo menos hoje não lhe passou pela cabeça que terá que dividir o teto com a irmã.

- Mas tu tinhas que avisar!- Diz, irritada.

- Olá... E você quem é?- Pergunta Filipa, olhando para Hevandrique, com uma cara de quem está vendo um anjo.

- Ele é um amigo meu, que já estava de saída.- Apressa-se a responder, Joana.

- Sim, claro. Muito prazer em conhecê-la. Então, adeus Joana.- Despede-se Hevandrique.

- Eu vou levar-te à rua.- Diz Filipa.

- Okay...- Responde Hevandrique, confuso e olhando de soslaio para Joana.

Filipa acompanhou-o, regressando com um sorriso do tamanho do mundo.

- Ainda bem que ele é teu só amigo.- Diz ela, toda feliz, para infelicidade de Joana.

3 Filipa coloca um dos fatos de treino de Joana e vai até ao seu ginásio, após ter visto um cartão do

ginásio da irmã por cima da cómoda.

Sabia que Joana ficaria irritada quando acordasse, o que a deixou mesmo super animada.

Ao chegar, vê imediatamente Hevandrique, ao longe, correndo na passadeira, e fica toda animada, sentando-se numa bicicleta, esperando que ele acabe de correr.

Hevandrique dá um gole na sua água e desliga a passadeira, limpando o suor com a toalha.

- Olá!- Diz Hevandrique, admirado, mas esboçando um sorriso.

- Olá!...- Responde Filipa, excitada, levantando-se e indo ao encontro de Hevandrique, dando-lhe um beijo no rosto.

- A tua irmã?

- Está a dormir, acho que só vem mais tarde.- Diz

Filipa, tentando esboçar uma cara angelical.

- Okay. Eu já acabei de treinar, por isso tenho que ir já à casa.

- Já!?- Pergunta Filipa, com cara de mimada.- Queria convidar-te para um pequeno-almoço comigo...

- Fica para a próxima, porque eu tenho que ir trabalhar.

- Está bem, então até amanhã!- Hevandrique apenas acena e vai-se embora.

Sem treinar, Filipa volta para casa, com um óptimo semblante, e encontra a irmã à sua espera, sentada no sofá.

- Olá Joana!- Diz ela, com um sorriso.

- Tu sais, levas o meu carro, levas o meu cartão do ginásio. Onde é que tu pensas que estás com a cabeça? Achas que isto é tudo teu?- Pergunta Joana, cada vez mais alterada.

- Desculpa, hoje eu estou muito feliz!- Diz Filipa, sentando-se no sofá e retirando os seus tênis.- Sabes, aquele teu amigo que esteve cá ontem?- Pergunta, olhando bem no fundo dos olhos de Joana.

- O que tem ele?- Diz Joana, já preocupada.

- Ele convidou-me para sairmos. Combinámos ir beber um café. Ainda não sei qual será o melhor dia. Mas vou combinar com ele e depois nos encontramos. Ainda bem que vocês não saem!- Joana fica totalmente transtornada e irritada com Filipa, mas, principalmente, com Hevandrique. Sem dizer nada, pega nas chaves e sai, batendo a porta de tanta raiva, deixando Filipa feliz da vida.

6 - Já vou!- Diz Hevandrique, enquanto tenta dar um nó na gravata, após Joana tocar várias vezes à

campainha sem parar.

- Oi Joana, entra. Espera aqui só um minuto.

- Espera!?- Hevandrique olha para ela e repara na sua cara de poucos amigos, como se algo tivesse realmente acontecido.

- O que foi?- Pergunta ele, assustado.

- Tudo bem que nós ficámos apenas uma vez, e que eu nem sei se te considero um amigo ou namorado, mas como é que me pudeste fazer isto? Será que não tens um pingo de consideração?- Diz Joana, já ao ponto de deixar cair uma lágrima.

- O quê?- Reage Hevandrique, confuso.

- Bem que o teu primo me disse que tu eras uma espécie de Don Juan, e que é muito fácil para ti brincar com as mulheres.

- Calma!- Pede Hevandrique, sem perceber nada.

- Porque é que tu não entras? Assim conversamos melhor...- Diz, tentando tocar em Joana, que o afasta de imediato.

- Sabes, és a primeira pessoa que me interessou depois da minha vida mudar por completo. Eu pensei que tu, também, nem que fosse um pouco, estivesses interessado em mim, mas parece que irei sempre apaixonar-me pelas pessoas erradas.

- Olha Joana, eu não sei o que é que eu fiz, portanto, e que tal se me dissesses o que aconteceu?

- Sabes uma coisa? Acabou! Tu ficas no teu canto e eu fico no meu, mas peço-te uma coisa, deixa a minha irmã longe disto.- Joana dá meia volta e chama o elevador.

- Espera um pouco!- Diz Hevandrique, agarrando no seu braço, mas Joana grita para que ele o solte.

- Okay, desculpa-me! Eu não te toco mais. Mas, pelo menos, diz-me o que foi que eu fiz!- Implora ele, sem entender o que Joana dissera.

Quando o elevador chegou, Joana entrou imediatamente. Hevandrique olhou para os pés descalços, mas o elevador estava prestes a fechar-se, pelo que decidiu-se a entrar antes que perdesse Joana de vista.

- Nem penses em seguir-me!- Diz Joana.

- Eu primeiro tenho que entender o que aconteceu.

No terceiro andar, entra um casal de meia idade, deixando Hevandrique mais nervoso ainda. Sem nada dizer, massaja os seus cabelos, tentando acalmar-se. Quando o elevador se abre, Joana tenta sair, seguindo o casal, mas Hevandrique agarra-a pelo braço, impedindo-a.

- Solta-me!- Ralha ela, fazendo com que o casal se vire para ele.

- Não é nada.- Diz Hevadrique, amavelmente, para o casal, fechando o elevador e carregando, mais uma vez, no sétimo andar, para voltar ao seu apartamento.

- O que pensas que estás a fazer? Eu grito por socorro!

- Primeiro diz-me o que é que eu fiz, e só assim te deixo ir embora.

- Tu não mandas em mim! Tu sabes o que fizeste, por isso deixa-me em paz!- Diz Joana, tentando soltar-se, mas sem êxito, já que Hevandrique a tinha prendido com força.- Tu estás a apertar-me demasiado. Estás a magoar-me!

- Está bem, perdoa-me. Mas, por favor, diz-me o que se passa para estares assim tão chateada comigo!

- Tinhas que convidar a Filipa para um encontro, ou lá o que fosse que estava a passar pela tua cabeça?

- Eu o quê!?- Pergunta, boquiaberto.- Eu não convidei a tua irmã para sair! Encontrei-a no ginásio e ela é que me convidou para tomar o pequeno almoço, que eu recusei, por sinal. E, para além disso, tu é que me apresentaste a ela como apenas teu amigo.- Joana respira de alívio ao ouvir as palavras de Hevandrique. Conhecendo a sua irmã, era bem possível que ela mentisse só para chateá-la.

- Desculpa-me...- Diz Joana, olhando para o chão.- Hevandrique também respira fundo, após o pedido de desculpas de Joana.

- Estás de carro?- Pergunta.

- Não. Esqueci-me.

- Eu deixo-te no trabalho. E que tal combinarmos

alguma coisa para logo à noite? Estou livre à partir das 10h30. A sessão de segunda-feira é mais rápida.

- Claro!- Aceita Joana, com um sorriso.

ANAMNESES DE TI

Arrependimento

Com um sorriso no rosto, vestido com um fato preto completo, e sapatos a condizer, estava Hevandrique à porta de Joana. Com um suspiro, bate, ficando a compor-se.

- Já vai!- Hevandrique ouve uma voz que em nada se assemelhava à de Joana. É Filipa, que abre a porta e esboça um sorriso. Com um vestido de noite, branco, até ao joelho, e meio transparente, cruzando a mão direita na cintura, para que o robe deixe de cobrir os seus seios, que estavam quase à mostra.

- Olá.- Diz Hevandrique, fingindo um sorriso para camuflar o nervosismo.

- Olá, entra!- Diz Filipa, esboçando um olhar de inocência.

- Claro.- Responde, entrando em direcção à sala.

- A tua irmã?

- Ela já vem. Podes sentar-te.- Diz ela, sentando-se no sofá e cruzando as pernas, deixando as coxas à mostra.

- Claro.- Hevandrique senta-se numa ponta do sofá, tentando ficar o mais longe possível de Filipa, mas isso em nada impede que ela se encoste bem ao seu lado, ficando o mais próxima possível de si.

- Podes trazer-me um copo de água, por favor?- Pede Hevandrique, tentando mantê-la longe.

- Claro.

Ao voltar, Filipa aparece sem o robe que cobria o vestido transparente, ficando apenas em camisa de noite, com os seios a trespassarem o tecido e as cuecas pretas também à mostra. Hevandrique tenta desviar o olhar do corpo de Filipa, mas, era impossível, negar que ela tinha um corpo fenomenal, que deixava qualquer um a transpirar, principalmente, pela mistura de mulher sexy e inocente. Os seus olhos azuis e cabelos loiros deixavam-na com o rosto de um anjo, muito devido aos seus lábios pequenos e rosados.

-Aqui tens.- Diz ela, voltando a sentar-se ao seu lado.

- A que horas é que a tua irmã volta?

- Não sei.- Diz ela, encostando a sua boca ao ouvido de Hevandrique, arrepiando-lhe.

- Eu acho que eu tenho que ir fazer uma coisa.- Diz

Hevandrique, levantando-se.

Filipa se levanta junto dele, ficando mesmo à sua frente.

- Claro, mas eu preciso de uma resposta!...- Diz, aproximando-se ainda mais e agarrando na sua gravata.

- Sim?- Responde Hevandrique, tentando esconder o nervosismo.

- Tu e a Joana andam?

- O que foi que ela te disse?- Pergunta ele, sentando-se no sofá.

- Que não... Categoricamente, que não...- Diz Filipa, ajoelhando-se, ficando de frente para Hevandrique.

- Então é isso.

- Então....... Estás livre para andares com quem quiseres?- Alicia Camila Filipa, encostando a sua boca à boca de Hevandrique.

- Não!!!- Diz ele, levantando-se e esquivando-se de Camila Filipa.

- Como...... não?- Diz ela pasmada, sem compreender.

- Eu tenho uma namorada e agora preciso mesmo de ir.- Diz Hevandrique, pensando ser a atitude correcta antes que possa fazer alguma das loucuras que já passa em sua mente.

Hevandrique encaminha-se à porta o mais rápido possível, sem olhar para trás, respirando fundo assim que fecha a porta atrás de si.

3 Hevandrique estava sentado no café, quando Marta apareceu. Acenando-lhe da parte de fora. Ele levanta-se e vai até junto da entrada, dando-lhe dois beijos e a leva até onde estava sentado.

- Olá. Então, está tudo bem?- Pergunta Marta, com

um sorriso.

- Está sim.

- Então, porque foi que me pediste para vir cá?-
Pergunta Marta, colocando os cotovelos por cima da
mesa.- Hevandrique massaja os olhos e, logo de
seguida, suspira, olhando bem fundo nos olhos de
Marta.

- Eu acho que a Filipa está a atirar-se a mim.- Marta
ficou algum tempo sem conseguir assimilar a
informação. Filipa não era do tipo que se atirava a
rapazes, não é à toa que, até hoje, ela alegava ser
virgem.

- O quê?

- Eu sei que é estranho e sei que tu não és minha
amiga, mas és amiga da Joana e talvez saibas dizer-me
o que fazer. Ontem eu fui até a casa delas e ela

estava lá sozinha. Pela conversa dela, pela atitude dela, não sei. Acho que ela estava a atirar-se a mim.- Marta voltou-se, apoiando as costas na cadeira e suspirando, sem saber o que dizer.

- É assim, isso é muito estranho, porque eu nunca vi a Filipa interessada em algum rapaz e ela sempre seguiu os passos religiosos do pai. Não sei se ela algum dia quis ter algum relacionamento. Já houve um pequeno problema entre ela e a Joana por causa de um rapaz, mas isso foi há muito tempo e elas eram crianças, por isso não sei o que te dizer, não sei se diga para contares à Joana, ou, sei lá...- Diz Marta, não querendo contar a Hevandrique o ódio que as irmãs sentem uma pela outra.

- Eu entendo, talvez seja impressão minha… Mas diz-me uma coisa, é mesmo verdade que ela é virgem?-

Pergunta Hevandrique, um pouco chocado.

- Sim, ela é.- Diz Marta, sorrindo.

- Quantos anos é que ela tem?

- Vinte e cinco.-Hevandrique ficou a olhar para Marta, com cara de totó.

- Nunca pensei que existissem raparigas virgens, com mais de vinte anos. Mas agora vamos mudar de assunto. Já que estamos os dois aqui à hora do almoço, podemos almoçar juntos? Estou cheio de fome.- Convida Hevandrique.

-Claro.- Marta deteve-se a apreciar, enquanto Hevandrique escolhia a sua comida, tentando analisar se realmente estaria a falar a sério, já que Filipa nunca foi de ligar a rapazes, nem quando elas eram pequenas, expecto, talvez o Miguel, que fez com que as irmãs se odiassem. Entretanto, Marta começou a analisar o seu rosto, que é meio redondo e magro, os cabelos que são pretos e são curtos. Até para a sua boca Marta olhou. Via um rapaz muito atraente. Quem o visse assim, não imaginaria que ele tivesse VIH. Nunca passaria pela cabeça de nenhuma rapariga. Hevandrique levanta o olhar de repente para Marta. Os seus olhos azuis a deixaram assustada de uma forma estranha, sem que ela consiga desviar o olhar.

- Já escolheste?- Pergunta Hevandrique, sorrindo. O tal sorriso que Joana afirmava que a deixava na lua. Naquele momento, de uma forma estranha, esse sorriso fez o coração de Marta acelerar.

- Queres que eu te sugira?- Diz ele, sem nunca fechar o sorriso galanteador.

- Não, acho que vou ficar com o prato do dia. Vou só

à casa-de-banho num instante, volto já.- Diz Marta, afastando-se o mais rápido possível.

Marta olhou-se ao espelho e, por alguns momentos, viu o sorriso de Hevandrique.

- Raios, o que está a acontecer comigo?- Pergunta-se a si própria. Abre a torneira e molha o rosto várias vezes. Quando deu por si, havia retirado praticamente toda a maquilhagem do rosto.- Era só o que me faltava agora...- Diz ela, olhando para a maquilhagem deixada no guardanapo. Procurando na mala, percebe que não tinha trazido consigo o estojo de maquilhagem. Irritada, tenta apenas ajeitar um pouco os cabelos.

Ao sair da casa-de-banho, vê Hevandrique ao longe, completamente absorto no telemóvel, dando a sensação de que estaria a trocar mensagens com alguém.

- Voltei.

- Já pedi o prato do dia, eles vão trazer em breve.

- Obrigada.

- Estás mais gira.

- Sério? Tive que lavar o rosto, estava um pouco ensonada.

- Ficas sempre gira.- Diz ele, com o seu sorriso arrebatador.

Sempre que possível, Marta detinha-se a olhar para a boca de Hevandrique e, por vezes, para os seus olhos, já que eram as duas características que mais lhe chamavam a atenção, bem como a sua maneira de ser e de falar. Ele era, de uma forma ou de outra, encantador.

- Estive a falar com o António há pouco.

- Sério?

- Sim, nós estamos sempre a falar.

- Como é que vocês se conheceram?

- É uma história engraçada.- Diz Hevandrique, pousando os cotovelos na mesa.- Eu acho que tenho alguma sorte. Sou muito bom com as raparigas. Tu podes não acreditar, porque nunca te vais apaixonar por mim, mas eu sou um rapaz que atrai muito as mulheres.- Continua Hevandrique, em tom brincalhão. E no fundo, Marta concorda com tudo o que ele diz.

- E o António nunca foi?

- Ele sempre foi tímido, nós nos conhecemos no penúltimo ano do liceu. Como todas as pessoas suspeitavam que eu tinha VIH, principalmente os rapazes, embora nunca ninguém tenha conseguido confirmar, nunca tive amigos. Mas, em contrapartida, tive amigas e uma delas era uma rapariga de quem o António gostava. Um dia, ele veio ter comigo e disse que gostava dela e que era para eu me afastar, mas, para surpresa dele, eu disse que poderia ajudar. Foi numa de o ajudar que nos tornámos amigos. A parte triste é que ele não conseguiu ficar com ela, mas pelo meio ganhámos essa amizade. Quando ele descobriu os meus comprimidos na minha mala, eu pensei que ele iria contar a todos, mas afinal não o fez, se bem que se afastou um pouco, mas depois ele disse que me aceitava mesmo assim e mantivemos a nossa amizade desde então. Estudámos na mesma faculdade e ele até aprendeu a lutar porque, uma vez, um grupo de rapazes descobriu que eu tinha VIH e começou a atormentar-me a vida. Um dia deram-me uma surra, tive que perder um ano da escola e tudo, por que um doente de VIH tem a imunidade muito fraca, e qualquer coisa o deixa mal, desde uma simples constipação até a uma grave doença. Então, ele começou a treinar artes marciais e, quando eu melhorei, ele sempre andava comigo. Um dia, vimos de novo os rapazes, foi uma coisa emocionante, enquanto que eu só queria fugir, o António deu cabo deles. Foi aí que ele se tornou o meu herói, o meu anjo da guarda, só faltou casarmo-nos.- Brinca Hevandrique.

- Uau!- Comenta Marta.

- Ele é o meu melhor amigo. Depois do meu tio, está ele no topo da minha vida, faria tudo por ele, porque eu sei que ele faria o mesmo. Eu sempre digo, que se ele fosse gay, eu me casaria com ele, mesmo sendo heterossexual.- Diz Hevandrique, sorrindo.

- Vê lá se um dia vocês não se casam!- Brinca Marta.

- Quem sabe! Mas, falando a sério, ele é uma pessoa espetacular e tu também, espero que vocês os dois consigam dar certo.

- Então vocês são os amigos perfeitos, nunca devem ter tido uma briga.

- Claro que já. O mal dos melhores amigos é que há sempre um amigo mais giro que o outro, e eu fui sempre o mais giro.- Diz Hevandrique, na brincadeira, fazendo uma cara sexy.- Falando sério agora, uma vez ele deu-me um soco, que pensei que meus dentes todos tinham saído pela boca, mas por sorte foi só um, e não foi o da frente.- Marta olha para Hevandrique, admirada, e sorri.

- És muito medricas!

- Muito! O António é a pessoa mais forte do mundo, pode não parecer, por ser magro e baixo, mas é. Eu sou mais alto e pareço mais forte, mas tudo isso é impressão, é só ilusão de óptica.

- Também não exageres!

- A sério! Eu nunca lutaria com ele. Primeiro porque ele é meu irmão, segundo porque ele é muito forte, ele fez Kung Fu, Karatê, Jiu-jitsu, e mais uma arte que eu nunca me lembro do nome.

- Deixa-te de rodeios e conta-me o porquê de ele te ter batido.

- Foi porque parece que a miúda com quem ele andava gostava de mim e, durante uma festa, ela deu-me um beijo e ele viu. Quando dei por mim, já estava no chão, com a boca cheia de sangue e com lágrimas nos olhos... fim!

Marta não conseguiu conter o sorriso e ficou alguns minutos a rir de Hevandrique.

- Não te rias, o teu namorado é um monstro.

- Mas era só falares para ela que tens VIH e assunto resolvido.

- Eu não digo a toda a gente que tenho VIH. Não é por vergonha, mas por questões de privacidade. Claro que, na altura, era por vergonha. Eu tinha vinte e um anos e não era bom que as pessoas soubessem que eu estava doente, porque elas tinham medo, ou melhor, até hoje têm, mas o engraçado é que eu não sou transmissor do vírus.- Marta olhou confusa para Hevandrique, sem compreender o que tinha acabado de dizer.- Também nunca ouviste falar disso, não é? É assim, se eu fizer sexo com mulheres sem preservativo não transmito o vírus. Já o fiz uma vez,

mas é algo que eu prefiro não arriscar, só mesmo por
precaução, e também para ela não entrar em choque
ao descobrir que dormiu com um rapaz que tem VIH.

- Isso é verdade?

- É sim. Uma pena que no caso da Joana não seja
assim, mas o meu é. Somos poucos, mas existimos, se
quiseres, podemos fazer a experiência.- Diz
Hevandrique, olhando para Marta com um olhar
sedutor. Por sua vez, Marta ficou branca que nem
papel, não só pela proposta de Hevandrique, mas por
ele encostar o seu rosto ao dela...- Estou a brincar!
Não precisas de ter um AVC aqui e agora.- Diz ele,
sorrindo e dando um gole na sua cerveja.

- Eu não vou ter um AVC.- Responde Marta,
envergonhada.

- Eu gosto de ti.- Diz Hevandrique, deixando Marta

ainda mais pálida. No fundo, ela tinha perfeita noção de que era apenas amizade, mas, mesmo assim, ficou incomodada e não conseguiu responder.- Nós podemos ser amigos também, já que tu namoras o meu melhor amigo e eu a tua, se bem que eu não tenho a certeza se aquilo que nós temos se pode chamar namoro.

- Claro que sim.- Responde Marta, dando um gole no seu sumo.

- Gostei da tua companhia e adorava sair mais vezes contigo. Até podíamos marcar saídas de grupo, seria fixe, se bem que o António não gosta muito disso.

- Claro, seria ótimo. Mas eu agora tenho que ir andando.- Hevandrique queria oferecer boleia a Marta, mas ela estava bastante confusa para aceitar ficar mais um minuto ao lado de Hevandrique. Já tinha estado com ele algumas vezes, mas porque é que agora, que eles estão sozinhos, ele a atrai de alguma maneira?

6 Hoje era mais um dia de reuniões, mas todos estavam com um mau clima. Quando Joana entrou, estavam todos cabisbaixos, cada um no seu canto, todos pensativos. Mariana parecia que tinha chorado, Francisco também parecia triste. No fundo, o ambiente geral estava pesado. Quando Hevandrique chegou, todos fizeram a roda do costume.

- Olá a todos, eu sei que hoje foi um dia péssimo, ainda mais depois do que aconteceu ao Tomás.- Joana ficou confusa, mas ao mesmo tempo com medo.

- O que aconteceu ao Tomás?- Acaba por perguntar. Entretanto batem à porta. Francisco levanta-se e vai abrir. Era Thiago, que se senta, sem falar uma única palavra. Todos ficam a olhar para ele com pena.

- O que foi?- Diz ele, tentando travar as lágrimas.

Olhando para todos, Thiago começa a chorar. Era a primeira vez que ele demonstrava alguma emoção ou sinal de fraqueza e todos ficaram com pena. Joana olhava para ele, nervosa, com medo do que poderia ter acontecido.- Vou dar o meu testemunho. Quando fizemos dezoito anos, eu e o Tomás fomos a uma discoteca e queríamos comemorar à grande. Daí surgiu, por ideia minha, irmos a um bordel. O Tomás acompanhou-me e lá encontramos uma rapariga muito bonita, que nos chamou à atenção. Parecia uma deusa, com uns olhos castanhos lindos de morrer, que combinavam na perfeição com a sua beleza. As tranças típicas africanas tornavam-na ainda mais bonita. Ela sentou-se junto a nós e começámos a conversar. O seu peito enorme captou a minha atenção e, certamente, a dele também. Nem parecia uma prostituta. Estávamos tão emocionados que nem pensámos duas vezes quando ela nos disse que queria fazer uma mènage a trois conosco. Era a primeira vez que partilhávamos uma rapariga, que nem pensámos nas possíveis consequências. Dormimos com ela sem usarmos preservativo. Foi apenas algum tempo depois, quando decidimos lá voltar, que descobrimos que ela tinha sido expulsa por ter VIH. O nosso mundo caiu naquele momento. Não conseguíamos acreditar. O Tomás entrou em pânico, porque se lembrou que nós não tínhamos usado proteção. Esse pânico instalou-se de tal maneira, que ele começou a chorar e a gritar.

No dia seguinte fomos os dois fazer o teste. Deu

positivo e o médico aconselhou-nos a vir aqui.
Prometemos um ao outro que nunca contaríamos a
ninguém a nossa situação.- Thiago fez uma pausa,
tentando engolir parte do choro e limpando as
lágrimas que já lhe corriam pelo rosto.

- Se não estiveres bem, podes parar um instante.- Diz
Hevandrique.

- Não, eu estou bem.- Responde Thiago.- O Thomas
começou a sair com uma rapariga, mas disse-me que
não fazia nada com ela, quando eu descobri que,
afinal, ele andava com ela e outras três. Perguntei-lhe
o que estava a fazer e ele respondeu-me que, se ele
tinha, então todos teriam que ter. Parecia que aquelas
eram as minhas palavras. Eu é que planeei
contaminar todo o planeta, não ele, ele sempre me
aconselhava. Tentei que ele parasse, mas não o

consegui convencer. Acabei por ter que contar às raparigas com quem ele andava. Por sorte, ainda nenhuma delas tinha dormido com ele, só que uma acabou por contar à escola inteira…- Após essa afirmação, Thiago faz uma pausa e recomeça a chorar.- Todos gozavam com ele e os pais queriam que fosse expulso, por ter tentado expor várias adolescentes à doença. Ninguém se aproximava dele e ele não queria falar comigo. O mais estranho é que ele não revelou a ninguém que eu também estava infetado. Isso é algo que eu vou sempre perguntar-me, porque motivo é que ele nunca contou isso. É o que mais me vai amedrontar. No bilhete de despedida ele pediu-me desculpas. Eu é que devia um grande pedido de desculpas a ele e não o contrário. Não consigo dormir, não consigo parar de chorar. Ele era mais do que meu amigo, era um irmão e eu não sei como vou conseguir viver sem ele. Não sei o que fazer.- Joana começou a chorar. Era a única a ainda não saber o que tinha acontecido.

- Ele vai acordar.- Tenta consolar Hevandrique.

-O quê?- Pergunta Joana.

- Ele atirou-se do prédio, mas não está morto, entrou em coma.- Explica Hevandrique.

- Ele já está assim há uma semana, mais cedo ou mais tarde, com certeza vão desligar as máquinas, eu sei que sim, e o meu amigo vai-se embora para sempre. Eu não vou saber o que fazer. Se eu, pelo menos não tivesse contado às raparigas que ele tinha a doença, ele…

- Ele poderia contaminar três raparigas, tu agiste da forma mais responsável possível.- Interrompe

Hevandrique.

- O que adiantou?- Diz Thiago, levantando-se da cadeira e alterando o tom de voz, parecendo que, em qualquer momento, ele partiria para cima de Hevandrique.- Eu vou sempre arrepender-me de ter contado àquelas burras que o meu amigo tinha VIH. Eu tinha que as deixar serem contaminadas, porque agora elas me deixaram com este peso na consciência, porque, de uma forma ou de outra, eu é que matei o meu amigo, eu é que sou culpado. Mas, também, o que é que me deu para me armar em bom samaritano e ajudar aquelas desgraçadas?- Continua, com a voz menos elevada e já embargada pelos soluços, de tanto chorar.

- Neste momento, tu até podes não perceber o grande bem que fizeste mas, mais tarde, reconhecerás que fizeste a escolha mais acertada. - Não, não fiz!- Diz, chorando e ajoelhando-se. Hevandrique foi até ele e deu-lhe um abraço. Thiago parecia mesmo estar a precisar daquele abraço.- Eu não quero que ele morra! Perdoa-me Deus, por todas as vezes que eu te amaldiçoei.- Diz, chorando, enquanto abraçava Hevandrique.

O jogo

- Já vai!- Grita Hevandrique, enrolando-se numa toalha, deixando o peito molhado à mostra. Ao abrir a porta, depara-se com Filipa. Confuso e com um receio estranho, sorri para disfarçar.

- Posso entrar?- Pergunta Filipa, com uma voz de anjo. Hevandrique coça o pescoço, tentando pensar no que fazer para a despachar.

- Não acho que seja uma boa ideia.- Diz, tentando fazer o esforço de não olhar para as suas pernas despidas, devido ao vestido curto e justo, colado ao corpo, por baixo de um sobretudo completamente desabotoado.

- É rápido, o que eu tenho que te dizer.- Afirma, entrando em direção à sala, sem esperar por autorização. Hevandrique seguiu-a com passos mais curtos, coçando a cabeça, de tanto nervosismo. Filipa sentou-se no sofá, retirando o casaco e cruzando as pernas. O facto de saber que ela era virgem, de uma forma estranha, atraía-o, mas ele tentava pensar em Joana, já que elas eram irmãs e, com certeza, ela nunca o perdoaria. E, no fundo, Hevandrique sabia que nunca dormiria com ela, principalmente por Joana, e também por não gostar de sair com duas irmãs ao mesmo tempo.

- Volto já. - Diz Hevandrique, dirigindo-se quarto e vestindo um roupão, aproveitando para enviar uma mensagem a Marta. Foi a única pessoa que lhe veio à cabeça e a única que o poderia ajudar, já que não queria causar um desentendimento entre Joana e Filipa.

- Aqui estou.- Diz, sentando-se num cadeirão que ficava mesmo em frente ao sofá, onde Filipa estava sentada.

- Eu quero fazer-te um convite.

- Um convite?- Repete Hevandrique, com um ar assustado, sem conseguir esconder o medo que sentiu com a pergunta.

- Vens comigo à igreja?- Hevandrique ficou sem palavras.

- Amanhã vai haver um culto de casais, ou futuros casais, e eu gostaria muito que você fosse comigo. - Pede Filipa, ajoelhando-se perante Hevandrique e apoiando as mãos nas suas pernas.

- E o que é que nós vamos fazer ao culto de casais?~ Pergunta, com cara séria.

- Eu quero que nós nos tornemos um casal.~ Hevandrique levanta-se e vai colocar-se atrás do cadeirão, tentando manter a distância de Filipa. Por mais que ele não tenha intenção alguma de dormir com Filipa, ela era muito bonita e ele sabia que acidentes acontecem.

- Sabes, eu já ando com alguém, por isso…~ Filipa aproximou-se de Hevandrique e pegou-lhe na mão, que estava apoiada no cadeirão, ficando mais uma vez, bem próxima dele.

- Não faz mal.~ Diz ela, com o seu rosto de anjo, impedindo que Hevandrique termine a frase.~ Podes trocá-la por mim.~ Filipa esticou-se até alcançar a boca de Hevandrique, dando-lhe um beijo e deixando-o sem reação, nem mesmo ao desencostar os seus lábios aos deles. Quando Filipa se preparava para intensificar o beijo, colocando a língua na boca de Hevandrique, ele agarra-lhe o rosto, impedindo que ela aproximasse mais as suas bocas, e suspira.

- Acho melhor ires embora.

- Mas porquê?

- Tu és inocente demais para eu fazer coisas más contigo.

- Quem te garante? Eu sei que tu me queres, ou, pelo menos, me desejas, por isso, deixa-te levar.- Provoca Filipa, tentando dar-lhe mais um beijo, quando a campainha toca.

- Eu tenho que atender.- Diz ele, se dirigindo para a porta, agradecendo a Deus.

- Olá Marta.- Cumprimenta, nervoso.- Filipa vai até à porta, para ver quem era, e fica surpreendida ao ver Marta.

- O que estás a fazer aqui?- Pergunta Marta.

- Eu é que tenho que pergunta o que estás tu a fazer aqui? Por acaso vocês andam?

- Não.- Responde Marta.- Ele anda com a tua irmã.

- Isso é mentira.

- Não, não é.- Intervém Hevandrique.- Filipa olha para ele, com uma cara de criança que perdeu o doce, quase derrubando Marta ao sair sem olhar para trás.

- Muito obrigada!- Diz Hevandrique, suspirando.

- O que aconteceu aqui?- Pergunta Marta, olhando para a pequena ereção de Hevandrique, que se notava através do roupão.

- Nada. Venho já.- Diz, cobrindo-se com as mãos.

Não muito depois, Hevandrique volta a sair, já envergando uns calções, uma camisa e uns chinelos, de casaco na mão e em passo apressado.

- O que foi?- Pergunta Marta, confusa.

- A Joana está no hospital.- Responde Hevandrique, nervoso, encaminhando-se para a porta. Marta segue-o e ambos dirigem-se ao hospital o mais depressa possível.

3 Ao ver António, Hevandrique vai ter com ele de imediato.

- Como está ela?

- Porque é que vocês os dois estão juntos?- Pergunta António, com cara de poucos amigos.

- É uma longa história, eu depois conto-te tudo.- Diz Hevandrique, nervoso.

- Ela está bem, podes entrar.

- Obrigado.- Marta também queria entrar, mas António pediu para falar com ela, agarrando-a pelo braço e impedindo-a de passar.

Joana estava a soro, com os olhos inchados. Hevandrique aproximou-se, colocando a mão por cima da de Joana.

- O que foi?

- Eu só estava engripada, nunca pensei que uma gripe me fizesse tanto mal.- Diz Joana, com os olhos cheios de lágrimas.- Eu sei que me disseram que o meu sistema imunitário está fraco, mas nunca pensei que algo tão pequeno, que eu anteriormente ultrapassava com alguns comprimidos, agora seja motivo para eu ir parar ao hospital. Nunca me senti assim na vida, pensei que ia morrer.

- Eu sei.- Diz Hevandrique, dando-lhe um abraço.

- Como é que tu conseguiste viver tanto tempo com esta doença?- Pergunta Joana, respondendo ao abraço.

- É realmente uma coisa horrível, mas não é o fim do mundo. Tu vais conseguir superá-la, não te preocupes. Precisas apenas de cuidados redobrados. Nós somos pessoas saudáveis, mas temos que ter um cuidado maior.- Diz, acariciando-lhe os cabelos.

Joana e Hevandrique foram até ao quarto de Tomás e lá estava Thiago, sentado a olhar para o amigo, concentrado, na esperança que ele abrisse os olhos. Thiago quase já não saía de perto do amigo, desde o dia da tragédia.

- Olá Thiago.- Cumprimenta Joana.

- Olá.- Responde, sem desviar os olhos do amigo.

- Não te preocupes, que ele vai melhorar.- Diz Joana,

tentando consolar o jovem.

- Só faltam três semanas. Daqui há pouco, ele

morrerá.- Diz, com voz rouca, de quem passou a

noite inteira a chorar.

- Vamos rezar. Eu sei que ele vai acordar.

- Eu rezo todos os dias, vou todos os dias à igreja, faço

promessas, estou a fazer jejum, mas nada acontece.

Nós nos conhecemos desde o ensino fundamental.

Desde então, nunca mais nos separámos. Somos tão

diferentes um do outro, que todos perguntam como é

que somos amigos. Ele sempre foi calmo e eu

agressivo, ele sempre perdoava enquanto eu

procurava vingança, ele sempre estudava e eu não, ele

exigiu que mudassem o nome dele, de Tomás, para

Thomas, só para ficar igual ao meu. Ele era um totó,

mas é uma das pessoas que eu mais gosto e mais

admiro, não acho justo que algo assim possa acontecer com ele. Eu via-me nesse estado, mas nunca pensei que fosse ele a estar numa cama de hospital. Sempre imaginei que eu é que iria fazer o que ele fez. Como as coisas são engraçadas…

- Vai correr tudo bem. Eu também vou rezar.- Diz Joana.

- Eu também.- Apoia Hevandrique.

6 Cassandra abre a porta, e chega com um cesto de frutas.

- Olá.

- Olá, estás boa?

- Tu vais estar sempre aqui?- Pergunta Thiago à Cassandra.

- És um mal agradecido.

- Eu nunca te pedi para vires.

- Mas, mesmo assim, eu continuarei a vir. Já agora, trouxe umas uvas, é a tua fruta preferida.

- Não quero.

- Podes pousar aqui, neste canto.- Intervém Joana.

- Nós vamos andando.- Diz Hevandrique.- A Joana está a receber soro e não pode ficar por aqui muito tempo, mas eu vou passando, de vez em quando.

- Claro.- Diz Thiago.

Ao saírem, Joana sentiu-se um pouco tonta, mas Hevandrique carregou-a até ao quarto, colocando-a na cama, com o maior cuidado possível.

- Não sabia que a Cassandra gostava do Thiago.

- Nem eu, pensei até que fosse do outro, mas depois começou a notar-se que era do Thiago. Até fazem um casal giro.- Responde Hevandrique.

- Sim, tens razão.

~ Vou falar com o António e já volto.~ Diz Hevandrique, dando um beijo a Joana. Mas sem dar tempo a Hevandrique para sair, António entra junto com Marta, ele colocando-se do lado direito da cama de Joana e ela ao lado de Hevandrique.

~ Já ia ter contigo.

~ Eu sei.~ Diz António, frio.~ Já podes ir para casa. Já assinei a tua alta e estás liberada.~ Informa António, dando meia volta e dirigindo-se novamente à porta.

~ O que foi, mano?~ Diz Hevandrique, tentando ir atrás dele.

~ Eu tenho que trabalhar, não precisas vir atrás de mim.

~ Aconteceu alguma coisa?~ Pergunta Hevandrique a Marta.

~ Tivemos um pequeno desentendimento.

- Mas é algo grave?

- Tu agora queres que a Marta te conte a vida amorosa dela?- Diz Joana.

- Tens razão, desculpa, eu volto já.

- Ele disse que precisa de trabalhar.- Diz Joana, agarrando-lhe a mão e impedindo-o de sair.

- Claro.- Responde, mas preocupado.

Hevandrique chega à casa e encontra as luzes acesas. Vai até à cozinha e nota que, também ali, as luzes estão acesas. Pega na vassoura e agarra-a com as duas mãos, caminhando devagar até à sala, que está desarrumada, com pacotes de bolachas no chão e latas de cerveja em cima da mesa. A televisão está ligada, num canal para adultos. Ouve um barulho de chuveiro e vai até ao quarto, vendo umas calças e uma t-shirt branca em cima da sua cama, que só podem ser de Luís. Hevandrique vai até a sala e começa a arrumá-la, já que Luís a deixava assim para sempre.

- Olá primo.- Diz Luís, saindo do banho, com uma toalha amarrada à sua cintura e outra secando o cabelo.

- Olá Luís, o que te traz aqui?- Luís dá a volta e senta-se no sofá, trocando de canal, já que hoje iria dar um jogo importante.

- Se fores para a cozinha, traz-me uma cerveja.- Diz Luís, com a maior das descontrações. Hevandrique traz duas, sentando-se ao lado dele, entregando-lhe uma cerveja, abrindo a outra.- Tu sabes que não podes beber muito.- Ironiza Luís.

- Eu sei.- Responde Hevandrique, com um sorriso seco.- Não me contas porque que estás aqui?

- O teu tio colocou-me fora de casa, dizendo as merdas de sempre. Que tenho que trabalhar, e blá blá. Acho que, se volto para o hospital, acabo a matar alguém.

- Tu podes sempre ser paramédico, da última vez que tentaste, saíste-te bem.

- Não tentes ter uma conversa amigável comigo, porque sabes que isso me irrita.

- Como queiras.

- Eu fico no teu quarto, gosto do teu espaço.

-Tudo bem.- Acede Hevandrique, na mais pura das calmas.

Luís

- Tu estás bem?- Pergunta Filipa à irmã, que estava com uma cara péssima, já que ainda não tinha melhorado da gripe.

- Mais ou menos.- Responde Joana, deitada no sofá com os olhos fechados.

- Hoje não trabalhas?

- Trabalho, só preciso de descansar um pouco, mas porquê?

- Olha, hoje eu vou sair, à noite não precisas esperar por mim.

- Onde vais?

- Não é da tua conta.- Diz Filipa, levantando-se em direção ao quarto de Joana e abrindo a mala da irmã, revistando-a até encontrar 50 euros num dos bolsos. De seguida, abre a carteira e retira mais 100 euros em notas e 6 euros em moedas.- Vou sair.

Filipa foi até à loja Miss, no Colombo, disposta a conquistar Hevandrique, custasse o que custasse. Não lhe importava se ele estava a sair com a sua irmã. Comprando uma lingerie vermelha, que a vendedora lhe recomendou. Depois arranjou as sobrancelhas, comprou também um batom vermelho, para condizer com a lingerie. Quando saiu do centro comercial foi até ao seu penúltimo destino, o salão de cabeleireiro, com objetivo de pintar e cortar o cabelo, para ficar idêntico ao da irmã, deixando-a com o rosto mais adulto.

Filipa esperou até à 01h00 da manhã e foi até à casa de Hevandrique. Por sorte, encontrou a porta de baixo aberta e só precisou de subir. Como das outras vezes, ela colocou a somente lingerie por baixo do sobretudo. Bateu à porta e nada. Permaneceu cinco minutos a bater até que, por fim, lhe abriram a porta. Atirando-se para cima de Hevandrique. No meio da escuridão, ele apenas correspondeu, pensando que fosse Joana, já que agora as duas estavam com o mesmo penteado. Levando-a até ao quarto, sem parar de a beijar, atirou-a para a cama. Subindo para cima dela. Puxando com força as suas cuecas. Deixando-a quase nua. Apenas ficara de sutiã.

- Calma, vais magoar-me!- Diz Filipa, assustada.-
Sem ligar ao que ela dizia, Hevandrique levantou-se e

retirou um preservativo que tinha na mala. Despiu as calças, subiu novamente para cima da cama e colocou o seu pênis na boca de Filipa, com a intenção de obrigá-la a chupá-lo.- Calma!- Implora Filipa, já com lágrimas nos olhos e cada vez mais assustada.

Mas ele empurrou-a, colocou o preservativo, mas aí Filipa notou que talvez fosse uma má ideia continuar, já que ele parecia agressivo de mais.- Hevandrique, não! Por favor.- Sem ligar para o que Filipa dizia, ele colocou-se em cima dela e começou a penetrá-la. A penetrá-la com tanta força, que Filipa só sentia dor, tanta dor, que pedia para ele parar, mas ele não parava.- Pára, pára!- Continuava a gritar ela. Mas sem sucesso. Ele continuou, até que Luís acordou com os gritos, batendo a porta do quarto.

- Luís?- Entre choros e dores, Filipa escuta essa voz

vinda do outro lado da porta e grita por socorro.

Num segundo a porta é aberta, a lâmpada é acesa, e ele pára. Afinal Filipa não se apercebeu que esteve com o homem errado, Luís. Luís, não Hevandrique. Aí Filipa aproveita para o empurrar, cobrindo-se e chorando assustada. Chorando. Chorando sem cessar. Chorando. Chorando inconsolavelmente.

Filipa

Hevandrique vê Luís a vestir as calças com um sorriso nos lábios. A cama cheia de sangue e Filipa apavorada, principalmente depois de perceber que dormiu com a pessoa errada.

- O que foi que fizeste?

- Eu não a violei, ela é que saltou para cima de mim. A tua namorada é uma vadia!

- Não é a Joana, é a irmã dela!- Grita Hevandrique.

Luís olha para Filipa, assustada chorando, e fica sem palavras.

- Tu andas a dormir com as duas?

- Claro que não! Não sei se notaste, mas ela era virgem, e tu tiraste-lhe a virgindade da pior forma possível. O teu problema é comigo, não precisas de estar a envolver outras pessoas.- Filipa levantou-se, cobrindo-se com o lençol, assustada. Hevandrique queria dar um passo, mas ela gritou para que ele não se aproximasse.- Calma.

- Se algum de vocês se aproximar de mim, eu vou gritar tanto, que todos os vizinhos vão acordar.- Diz ela chorando e a tremer.

- Okay, tudo bem, eu vou ligar para a Joana para te vir buscar.

- Eu quero que vocês os dois saiam daqui agora! Agora!- Grita, ainda mais alto.

- Tudo bem!- Diz Hevandrique, agarrando o braço de

Luís e saindo do quarto.

Hevandrique encheu o peito de ar, suspirando, sem saber o que fazer. Luís também ficou preocupado, principalmente depois de saber que ela era virgem. Sempre se quis vingar do primo, mas nunca pensou fazer mal a alguém que não fosse ligada a ele.

- Liga para o António, que eu ligo para a Joana.- Luís mal conseguiu ligar para António, só pensando que, em qualquer momento, ele iria preso. Talvez acusado de violação. Começa a entrar em pânico. Ao ver que o primo mal se mexia, Hevandrique ligou primeiro para António, pedindo-lhe que viesse à sua casa urgentemente e, em seguida, ligou para Joana, pedindo-lhe apenas que viesse com a maior urgência possível.

- Tu achas que eu vou preso? Eu não sabia que era outra pessoa, eu juro.

- Eu sei, mas tudo depende de como ela vai encarar a situação.

- É claro que eu vou preso.

- Calma, agora o estrago já foi feito, vai tomar um banho, para ver se tiras esse sangue do teu corpo.

Luís mal se conseguia mover, Hevandrique teve que acompanhá-lo à casa de banho e pô-lo no chuveiro para que ele tomasse um duche.

3 Joana chegou primeiro, já que vivia ao pé de Hevandrique, e veio com Marta, que a estava a fazer companhia.

- O que foi?

- É que...- Começou Hevandrique, a gaguejar, sem saber por onde começar.- A Filipa…

- O que tem a Filipa?- Pergunta Joana, já preocupada.- Ela está no hospital? Responde-me Hevandrique, estás a deixar-me nervosa! Onde está a minha irmã?

- Ela está no meu quarto.

- O quê?- Joana foi até ao quarto de Hevandrique e a primeira coisa que lhe chamou a atenção foram os lençóis cheios de sangue. Já assustada, aproxima-se e vê Filipa apavorada a um canto, toda ela encolhida e coberta de sangue. Joana aproximou-se e, ao ver a irmã, Filipa dá-lhe um abraço, a tremer.- O que foi?

- ...ele, ele, ele...- Gaguejava Filipa, sem conseguir dizer uma palavra. Joana largou Filipa e foi até à sala, encontrando Hevandrique conversando com Marta. Saltou para cima dele, dando-lhe socos e chapadas.

- O que é que fizeste?- Grita Joana.

- Calma!- Diz Marta, tentando agarrar a amiga.

- Se contaminaste a minha irmã, eu mato-te!- Neste momento António entra e, sem entender nada, olha para Hevandrique parado, enquanto Joana tentava atacá-lo, e olha para Marta segurando a amiga, que parecia incontrolável.

- Calma.- Diz António, agarrando Joana.- O que aconteceu aqui?

- Esse maluco do teu amigo, violou a minha irmã!- Aí António largou Joana mas colocou-se à sua frente, para que ela não passasse.

- Isso é impossível.- Diz António.

- Então vai ver a minha irmã! Ela está no chão, a sangrar! Vai ver, no quarto dele!- António olhou para Hevandrique, que também olhou para ele, sem falar uma única palavra. António sabia que tinha que ter uma explicação, ele conhecia Hevandrique e ele jamais faria uma coisa dessas.

Ao ouvir o chuveiro ligado, a sacola de roupas por cima da mesa, e o telemóvel de Luís, António já desconfiava do que realmente aconteceu. Entrou no quarto com Joana e ajudou Filipa a levantar-se.

- Onde vocês vão?- Pergunta Hevandrique.

- Ao hospital.- Diz António.

- Será que isto não pode ficar por aqui?- Pergunta Hevandrique.

- Mas que merda é que tu estás a falar?- Pergunta António.- Só falta assumires a culpa tu.- Hevandrique ficou a olhar António a levar Filipa para fora, sem saber o que fazer, já que Luís poderia mesmo ir preso.

- Eu vou com eles.- Diz Marta a Hevandrique.

- Eu também.- Diz Hevandrique.

- Não, tu ficas aqui!- Diz Joana, olhando-lhe de lado, com aquele olhar tão carregado de ódio.

- Esperem por mim!- Insiste Hevandrique.

- Porra! Tu vais ficar aqui!- Diz António, deixando Hevandrique sem reação, parado enquanto eles saíam do apartamento.

Joana sentou-se na cantina do hospital, chorando sem saber o que fazer ou o que pensar. Não entendia o motivo de Hevandrique atacar Filipa e, principalmente, não entedia porque é que a irmã foi à casa de Hevandrique.

- Tu estás bem?- Pergunta António, dando-lhe um copo de água.

- Não. Obrigada. Como ela está?

- Já está medicada e a dormir. Amanhã sai o resultado do exame de violação.

- Eu não sei o que fazer, eu não consigo entender! Não sei se estou a chorar por ele, ou por ela, só de pensar que ele fez isso com ela, só consigo odiá-lo, mas, em compensação, por minutos queria poder esquecer isso, até pedir para que Filipa mantivesse isso em segredo, dissesse que não foi violada, só de pensar que, automaticamente, a nossa relação está acabada. É algo que me deixa de prantos, será que estou a ser egoísta em pensar assim?- Diz Joana, com as suas mãos a cobrirem o rosto.

- Uma coisa posso te garantir. Não foi ele.- Joana olhou pasmada para António.

- Eu sei que ele é seu amigo, mas está tudo claro.

- Mesmo que a Filipa o acuse, eu sei que ele nunca faria isso. E, princialmente, porque o Luís estava com ele em casa.

- Por amor de Deus, em momento nenhum eu vi mais alguma pessoa em casa.

- Tenho a certeza, só pode ser ele. Eu notei que a casa de Hevandrique estava suja, e Hevandrique jamais deixaria a sua casa suja, isso é coisa de Luís.

- Isso não justifica.

- Eu vi uma sacola de roupa, que só poderia ser do Luís. O Hevandrique é do Porto e jamais teria necessidade de ver um jogo do Benfica e Sporting. E alguém estava a tomar banho. O Hevandrique usa Samsung, a única pessoa que eu conheço que ainda usa Nokia é o Luís. E essa pessoa só pode ser o Luís, mesmo que ninguém estivesse em casa, eu preferiria acreditar que Filipa se aleijou, ou alguma outra história, menos que Hevandrique a violou. Eu conheço o amigo que tenho e uma coisa eu posso te garantir. Ele nunca faria uma coisa dessas.

O homem mais feliz do mundo

Logo que amanheceu, Hevandrique e Luís pegaram a estrada e se dirigiram para o hospital. Quando chegaram, foram até ao escritório de António, que, por sorte, já estava lá.

- Como está ela?- Pergunta Hevandrique.

- Uma coisa eu não entendo, porque foi que você fez isso à irmã da Joana? Se fosse a Joana, eu até entenderia, mas agora a irmã dela, qual seria a tua lógica?- Pergunta António, olhando para Luís, confuso.

- Foi um acidente.- Diz Hevandrique.

- O quê? Acidente!?- Questiona António com um sorriso irônico.- Vais ficar do lado dele? Sabes que a Joana é a tua namorada, ou a culpa que sentes é maior do que o que sentes por ela?- Hevandrique ficou calado, sem saber o que responder.- Tu consegues ser bastante irritante. Ela está no quarto 17.- Informa António, sentando-se e virando-se na cadeira, de costas para os dois.

- Eu depois venho falar contigo.- Diz Hevandrique.

Ao chegarem no quarto, Hevandrique diz que entraria primeiro, para que Filipa não entrasse em pânico ao ver Luís na sua frente. Viu Joana sentada, com a sua cabeça apoiada na cama, dormindo, e Marta também estava dormindo num sofá. Filipa também ainda estava a dormir, tudo indicava que

Filipa fora sedada, e não acordaria tão cedo, já que o seu rosto parecia o de quem chorou muito antes de dormir.

3 Quando Hevandrique fechou a porta, Joana despertou. Ao ver Hevandrique, levantou-se, sem falar nada, segurou no seu braço e levou-o para fora do quarto. Ao sair do quarto, nota que Luís também tinha vindo.

- O que ele está a fazer aqui?

- Eu sei que não era para ele estar aqui, mas ele veio desculpar-se.

- O quê? A culpa não é dele!- Joana dá um estalo no rosto de Hevandrique e entra no quarto, batendo a porta na cara dele.

Marta assusta-se e acorda, vendo Joana nervosa.

- O que foi?

- Ele está aqui, tu acreditas? E trouxe o primo! Ainda diz que ele não tem culpa, que foi um acidente.

- Talvez a culpa seja minha.- Diz Marta.

- O quê?!- Pergunta Joana, sem entender porque era que a amiga diria aquilo.

- Há um tempo, Hevandrique falou comigo, dizendo que a Filipa estava a atirar-se a ele, mas eu não o levei a sério. Pensei que talvez fosse uma paranoia dele. Como é que eu poderia imaginar que a Filipa, que odiava todos os homens do planeta, iria interessar-se por alguém?

- Porque é que não me disseste nada?

- Porque não era importante. Vocês estão a morar juntas e achei que iria piorar mais ainda essa vossa relação de irmãs.

- Como?- Diz Joana, ainda mais confusa, derramando

uma lágrima.

- Ela foi até à casa de Hevandrique e a única maneira de ele conseguir tirá-la de lá, foi chamando-me. Aí eu tive a prova de que realmente era verdade, porque do jeito que ela estava vestida, não parecia a Filipa que nós conhecíamos. Estava com um vestido justo e curto. Ela até pensou que eu é que andava com o Hevandrique, mas que afinal eras tu... Eu tive que lhe contar que eras tu e ela saiu nervosa.

- Tu tinhas que me ter contado tudo isso, tu és minha amiga!

- Eu sei, desculpa.

- Porra, que espécie de pessoa és tu?- Joana saiu do quarto, nervosa, e viu que Hevandrique e Luís ainda ali estavam.

- Conta-me o que aconteceu!- Exige Joana, olhando

diretamente para Luís.

- Eu posso tentar explicar.- Intervém Hevandrique.

- Não estou a falar contigo, estou a falar com o teu primo.

- Ela apareceu à noite, de repente. Eu abri a porta e ela pulou para cima de mim, e eu pensei que fosse você, por isso dormi com ela, eu não sabia que ela era virgem, nunca me passou pela cabeça.

- E porque pensaste que era eu? Porque é que querias dormir comigo?- Luís olhou para Hevandrique, que ficou assustado com a pergunta de Joana.

- Joana…- Tentou interromper Hevandrique.

- Eu já disse que estou a falar com ele, não contigo!

- Isso é algo que quem tem que falar é ele, não eu.

- Então fala!- Diz Joana virando-se agora para Hevandrique.

~Isto não vem ao caso.- Diz ele.

- Como? O teu primo dorme ou viola a minha irmã, e tu não queres contar-me tudo? Tu só podes estar a gozar comigo!

- A tua irmã é que foi à procura disto.- Joana partiu mais uma vez para cima de Hevandrique, dando-lhe chapadas, sem que ele se protegesse ou sequer desse mostras de querer se proteger.

- Calma.- Diz Luís, agarrando Joana.

- Não me toques!- Grita Joana.

- Vocês são os dois malucos, aposto que a vossa tara deve ser essa, cada um dormir com a namorada do outro.- Joana entra para o quarto, nervosa, e pede para Marta sair.

- Joana...

- Sai!- Diz ela, sentando-se e olhando para Filipa, que

dormia como uma pedra. Sem falar uma única palavra, Marta sai do quarto, encontrando Hevandrique e Luís.

- Tu estás bem?- Pergunta Marta, tocando no rosto de Hevandrique, que estava vermelho, por conta dos estalos de Joana. Atrás de Marta estava António, que a vê tocando no rosto de Hevandrique, preocupada.

- António.- Diz Hevandrique. Nervosa, Marta retira a mão do rosto de Hevandrique.

- É ele, eu estava certo!!!- Diz António. Marta não respondeu, baixando apenas o rosto.

- O que foi que eu fiz?- Pergunta Hevandrique, olhando para António.

- Tu ficas calado. Marta, responde-me!

- Responder o quê?- Diz Hevandrique.

- Porra, eu te disse para não te meteres!- Grita

António. Verificando que era sério, Hevandrique calou-se antes que António voltasse a berrar e acordasse todos os pacientes.

Uma enfermeira passou, olhando assustada para António, e entrou logo no quarto de um dos doentes.

- Acho melhor não te meteres nisso.- Diz Luís no ouvido de Hevandrique.

- Isto não é algo para nós conversarmos aqui.- Diz Marta. António abana a cabeça e dá meia volta. Hevandrique vai atrás dele, agarrando-o pelos ombros, aí António vira-se e dá um soco em Hevandrique, que cai imediatamente, subindo para cima dele, e dando outro. Luís tentou tirá-lo de cima de Hevandrique, mas sem grande êxito. Marta sai correndo para chamar os seguranças, enquanto que Luís tentava tirá-lo de cima de Hevandrique, que não conseguia se defender dos socos de António. Com o barulho, Joana sai do quarto e tenta ajudar Luís a tirar António de cima de Hevandrique, mas sem grande sucesso.

- Tu vais matá-lo, sabes bem como ele ficou da última vez que lhe fizeste isso.- Diz Luís. António parou e olhou para o rosto de Hevandrique ensanguentado. Saindo de cima dele, ficou, por instantes, parado a olhar para Hevandrique, que estava no chão, sem conseguir levantar-se, apertando seus dentes, tentando não chorar. António dá meia volta e vai para a sua sala.

- Estás bem?- Pergunta Joana, tentando limpar o sangue com a blusa.

- Estou.- Responde, sem forças.

Marta chegou, já vendo Hevandrique sentado no

chão, junto com Joana e luís.

- O que aconteceu?- Pergunta um segurança.- Quem é que lhe fez isto?

- Eu vim assim da rua.- Diz Hevandrique, tentando levantar-se, mas sem grande sucesso.- Só preciso de lavar a cara.

- Não, eu vou chamar uma das enfermeiras.- Diz Marta.

- Mas o que aconteceu?- Pergunta, novamente, o segurança.

- Nada, ela pensou que estivéssemos a lutar, mas foi um engano, era para chamar uma enfermeira.- Diz Luís.- Vem, eu ajudo-te a levantar.- Hevandrique apoia-se em Luís, que o ajuda a ir à enfermaria.

- Eu vou convosco.- Diz Joana.

- Não! Fica com a tua irmã, que ela pode acordar em

qualquer momento.- Contrapõe Luís.

Depois de fazerem o curativo a Hevandrique, a enfermeira disse que não precisava de levar pontos. A cara ficaria inchada por alguns dias, mas que depois passaria, com muito gelo e tomando os comprimidos receitados.

- Obrigado.- Diz Hevandrique.

- O que é que lhe fizeste? Andas com a amiga dela também? Eu, se fosse o António, já não seria mais teu amigo, é a segunda miúda que acaba com ele por tua causa.- Diz Luís, sentando-se na cama ao lado da de Hevandrique.

- Eu preciso de falar com ele.- Diz Hevandrique, tentando levantar-se.

- Tu és uma pessoa surpreendente. Eu sempre pensei que vocês tivessem algo, António está sempre lutando com todos os que te tratam mal, e tu estás sempre atrás dele, como se dependesses dele para viver. Quando nós éramos mais jovens, eu, às vezes, sentia inveja de vocês, mas depois consegui acostumar-me. Mas que é estranho, isto é, neste momento tu esqueceste-te que estás mal com a tua miúda, porque o António decidiu ficar mal contigo.

- Ajuda-me a ir falar com ele.

- Descansa, que ele depois vem falar contigo. Deixa a raiva dele, pelo menos, acabar, porque se ele parte para cima de ti de novo, desta vez ele mata-te.- Neste momento Hevandrique deita-se na cama e pede a Luís para que o deixe sozinho, virando-se para o lado oposto.- Claro.- Diz o primo, levantando-se.- Sabes, depois de ter dormido com a Filipa a pensar que era a Joana, Não me senti bem. Sempre me quis vingar de ti, mas quando pensei que tinha conseguido, vi que isso não me trazia benefício nenhum. Acho que sete anos é muito tempo para guardar rancor de um primo. Neste momento, apetecia-me perdoar-te e, também, pedir-te desculpa, porque, tanto o incidente de hoje, e talvez o dela, foi culpa minha. Culpar-te foi a única forma que encontrei para me livrar da minha culpa. O que mais me doeu foi saber que ela te preferia a ti, ao invés de mim. Eu lembro-me que fui falar com ela depois de tudo, e disse que a perdoava, mas ela disse que não queria o meu perdão. Aquilo foi o que me deixou destruído, por isso fiz o que fiz, eu é que tinha que te pedir desculpas, mas o orgulho e a vontade de me vingar falaram mais alto do que qualquer outra coisa.- Enquanto Luís falava, Hevandrique conteve-se para não chorar, mas quando notou que o primo tinha ido embora, soltou um choro.

- Hevandrique?- Ao ouvir a voz de Joana chamando, Hevandrique levantou-se, limpando as lágrimas e fingindo um sorriso.

- O que foi?

- Tu estás bem?

- Com algumas dores, mas estou.

- Aconteceu alguma coisa? Estás com lágrimas nos olhos.- Diz Joana, sentado-se a seu lado.

- Acabei de lavar uma surra, claro que tenho que estar com lágrimas nos olhos.- Ao ouvir isso, Joana não conseguiu conter-se e teve mesmo que sorrir.- Estás a rir de alguém que levou uma surra do homem de ferro!- Joana deu um abraço a Hevandrique, tentando confortá-lo.

- Neste momento, eu tinha que estar chateada contigo, mas só me apetece confortar-te.

- Lamento muito.- Diz Hevandrique, retribuindo o abraço.

- Eu sei.- Diz Joana, acariciando as suas costas.

6 Hevandrique e Joana deitaram-se na cama, ficando por alguns minutos olhando um para o outro, sem falar nada.

- Quando o Luís espalhou para toda a escola que eu tinha VIH, eu vivi os piores momentos da minha vida. Por um lado, entendo o Tomás por tentar acabar com a sua vida, porque é algo horrível, ninguém merece passar por aquilo. Por causa disso, a minha candidatura para a faculdade de medicina foi negada. Eu decidi vingar-me dele, eu estava com tanta raiva, que seria capaz de tudo, tudo mesmo, para me vingar dele.- Hevandrique parou, para tentar conter o choro.

- Se tu não quiseres contar-me agora, podes fazê-lo noutra altura.

- Não, só preciso me controlar. O Luís tinha uma namorada, ele estava muito feliz, tinha a mulher da vida dele e estava a fazer medicina, era saudável… Ele era o homem mais feliz do mundo, foi a primeira vez que ele me pediu desculpas por me ter feito aquilo, eu vi que ele estava realmente arrependido, mas eu não estava disposto a perdoá-lo. Fingi que o perdoei, e por algum tempo vivíamos em paz, ele estava feliz. Mas já eu, não tinha nada daquilo, decidi tirar-lhe a coisa que mais o deixava feliz, a miúda que ele amava. Seduzi-a, não sei como ela se apaixonou por mim, e tivemos um caso sem que o Luís soubesse. A convenci a não deixá-lo, só que ela ficou com os dois. A primeira vez que eu dormi com ela, filmei e dei como presente ao Luís. Quando ele viu a fita, ficou com tanta raiva, que foi ter com ela. Discutiram e ele espalhou para toda a escola. Todos viram que ela dormiu comigo e, ela quando se apercebeu disso, suicidou-se. Não sei quem é o principal culpado, se fui eu, se foi ela, se foi o Luís… O que me atormenta é que eu, praticamente, destruí a vida de duas pessoas. Eles estavam felizes e, talvez, ela ainda fosse viva hoje. Mas, pela minha inveja, eu praticamente acabei com a vida dela, e com a do Luís também, porque ele depois abandonou a escola, começou a beber, a usar drogas, teve que ser internado várias vezes em clínicas de reabilitação e transformou-se neste Luís que todos conhecem. Eu não queria que ele passasse por isto, quando eu fiz o que fiz. Senti-me a pior pessoa do mundo. Nunca consegui pedir perdão como ele merece, porque, por mais que eu ponha na minha cabeça que a culpa não era minha, a culpa era mais minha que do Luís, que espalhou para todos o vídeo.- Aí Joana deu um abraço a Hevandrique, acariciando-lhe os cabelos, tentando confortá-lo enquanto chorava.

As palavras da irmã

Joana estava sentada a ver televisão, quando batem à porta. Ao ir ver quem era, Joana depara-se com Martino. Depois de desaparecer durante várias semanas, ele voltou, mais magro e com alguns sinais de socos no rosto.

- O que foi?- Pergunta Joana preocupada, ajudando-o a sentar-se.

- Eu estou bem, só tive uma discussão na discoteca.

- Mas porque vieste até aqui? Eu disse que estava tudo acabado entre nós.

- Eu sei, mas eu não quero viver sem ti, dá-me mais uma chance, que eu juro que vou mudar.- Implora Martino, ajoelhando-se perante Joana.

- Desta vez, não vai resultar. Eu já não sinto o que sentia por ti, agora só ficou uma pequena atração física, que aos poucos vai acabar também.- Martino levanta-se e dá um beijo à Joana. Ela tenta se esquivar, mas Martino agarra-a forte e continua a beijá-la.

- Não vai ser assim que tu vais conseguir me conquistar!- Diz Joana, tentando empurrá-lo. Aí Martino a agarra de jeito e consegue beijá-la de novo, até que Joana cede.

Deitando-se no chão, a olhar para Martino, Joana viu o rosto de Hevandrique acariciando-a e beijando-a.

- Tu nunca vais gostar de ficar com um homem, como gostas de ficar comigo.- Diz Martino, com o rosto de Hevandrique.

3 Joana, assustada, acordou e viu que Hevandrique estava ao seu lado dormindo. Um pouco assustada, acabou mesmo por acordá-lo.

- O que se passa?- Pergunta ele.

- Vamos fazer sexo.- Hevandrique olhou para Joana, tentando entender o que se passava com ela. Joana colocou a mão dentro das calças de Hevandrique, que, imediatamente, retirou a mão dela.

- Este quarto é comum e, a qualquer momento, o Luís pode voltar.

- Não faz mal.- Diz Joana, tirando a blusa, ficando apenas de sutiã. Hevandrique levantou-se e fechou a cortina, apanhando a blusa de Joana e tentando vesti-la de novo.

- Aqui é impossível.- Diz Hevandrique.

- Nada é impossível.- Contrapõe Joana, retirando também o sutiã.

- Trouxe uma sandes.- Diz Luís, abrindo a cortina e deparando-se de imediato com Joana despida. Com isso, Hevandrique passa-lhe a roupa, cobrindo-a. Luís volta a fechar a cortina, deixando-se ficar do lado de fora.

- Estás feliz?- Atira Hevandrique, passando, também, para o lado de fora da cortina.

- Não perdem tempo, vocês!- Comenta Luís. Joana saiu também e agarrou a mão de Hevandrique, levando-o dali, sem dizer palavra.

- Onde é que nós vamos?- Pergunta Hevandrique.

- Aqui.- Responde Joana, entrando sorrateiramente

numa casa-de-banho.

- Tu sabes que, se formos apanhados aqui, estamos feitos, principalmente eu, que sou sobrinho do diretor.

- Eu preciso de ti, urgentemente.- Hevandrique olhou para a cara de súplica de Joana, levando-a para dentro de uma das cabines. Joana retirou as calças, seguida por Hevandrique. Na louca tentativa de se equilibrarem num espaço tão apertado, Joana teve que se colocar por cima do lavatório, subindo para o colo de Hevandrique.

- Estou tão cansada. Eu também.- Comentam duas enfermeiras.- Hevandrique faz um sinal de silêncio a Joana, colocando-a no chão. Joana empurra Hevandrique, de modo a que ele ficasse sentado na sanita, fazendo também um sinal de silêncio para ele.

Com um sorriso sedutor, ajoelhando-se, começa a fazer uma oral. Hevandrique coloca os dedos entre os dentes, para não gemer, mas parecia quase impossível conseguir conter-se, ficando cada vez mais excitado. E o pior é que as enfermeiras ficaram do outro lado, conversando. Entretanto Joana se senta no colo de Hevandrique, num aperta e desaperta extremamente. silencioso. Quando Joana atinge o orgasmo, não consegue controlar um gemido alto, abraçando Hevandrique.

- Está bem?- Pergunta uma das enfermeiras, batendo à porta.

- Diz sim.- Sussurra Hevandrique ao ouvido de Joana, que estava ainda a viver o seu orgasmo e não dizia palavra.

- Está tudo bem?- Repete a enfermeira.

- Sim.- Acaba por responder Hevandrique, tentando imitar uma voz feminina.

Depois de um quarto de hora na casa de banho, por fim, as enfermeiras cansaram-se de falar uma com a outra e eles conseguiram sair da casa de banho. Joana não conseguia parar de rir.

- Sabes que isto não tem graça?- Diz ele.

- Olha quem fala, ó Sr. Humor, claro que tem!- Ao ver Marta no corredor, tanto Hevandrique como Joana ficaram parados a olhar para ela. Marta também ficou sem reação.- Precisamos de falar.- Diz Joana à Marta.- Hevandrique diz que vai ter com o primo, deixando-as a conversar.

Marta ficou parada, esperando que Joana falasse, sem saber se o motivo que a fez querer falar com ela seria Hevandrique ou Filipa.

- Desculpa por hoje.- Acaba por dizer Joana.- Marta ficou mais aliviada por se aperceber que Joana não tinha ficado a saber que António tinha atacado Hevandrique por causa dela, indo dar um abraço à amiga, pedindo desculpa.

6 Joana e Marta entraram no quarto e viram que Filipa já tinha despertado. Parecia pálida e assustada. Joana olhou para ela e notou que ela estava com os seus comprimidos. O seu coração começou a bater e ela não sabia o que fazer, com certeza que Filipa iria contar aos seus pais, pensava Joana.

- Calma, não é nada disso que tu estás a pensar.

- São meus, eu só pedi para a tua irmã guardar.

- Eu sei que não são.- Diz Filipa.- Ontem, quando eu saí vi essa caixa na tua mala, só que não tive curiosidade de te perguntar o que era, e também já te vi a tomar comprimidos assim, exactamente dessa cor. Tu tens VIH.- Acusa Filipa, olhando com desprezo para a irmã.- Com quantos homens tu já te deitaste, ao ponto de contraíres a doença?- Joana sentou-se junto à cama de Filipa, tentando tocar-lhe.

- Não me toques.- Diz Filipa, olhando para a irmã com uma cara de nojo.

- O quê?

- Tu és uma pecadora, uma vulgar. Como é que adquiriste isso?

- Deixa-te disso. Tu foste a casa de um homem com o intuito de o seduzir, sem saber se ele tem alguma doença ou não!- Diz Marta, tentando colocar Filipa no seu lugar.

- Ele também tem?- Pergunta Filipa, assustada.- Tu contaminaste-o?

- Não fui eu.

-Sai daqui. Sai daqui!- Começa a gritar, sem saber o
que fazer. Joana e Marta saem do quarto, antes que
ela entrasse em histerismo.

- Meu Deus, ela vai contar aos meus pais! Ela vai
contar!- Diz Joana, em pânico, começando a chorar.

- Calma.- Diz Marta, abraçando-a.- Calma, amiga.

Após alguns minutos, Filipa sai do quarto,
olhando para a irmã com o maior dos desprezos. Pede
a Marta que as deixe sozinhas, fazendo sinal a Joana
para voltar a entrar no quarto.

- Eu quero que tu acabes tudo com ele.- Joana ficou
sem raciocínio, perguntando-se a si própria, do que
raio estaria ela a falar.

- O quê?

- Vais acabar com o Hevandrique.

- Porquê?- Isso não é da tua conta.

- Tu sabes que ele tem VIH, para o caso de quereres ficar com ele, certo?- Filipa regressou à cama, deitando-se e fechando os olhos.- Responde-me, Filipa!- Aí Filipa reabriu os olhos e concentrou-se em Joana durante algum tempo. A irmã também retribuiu o olhar, sem saber o que dizer nem como reagir.

- Depois do que aconteceu ontem, eu já não quero saber de nada. Eu não posso ficar com ele, por causa dessa maldita doença, mas tu também não haverás de ficar. Prefiro que fiquemos as duas sozinhas.- Joana ficou admirada com as palavras da irmã, nunca pensando que ela, alguma vez, chegasse a este ponto.

- Que espécie de pessoa és tu? Tu tinhas de estar traumatizada por causa do que aconteceu, mas não, ainda tens a coragem e a força para me chantagear? Tu és a pessoa que está sempre a caminho da igreja, mas que não sabe perdoar. Não tens qualquer amor ao próximo, és invejosa, és a pior espécie de pessoa que pode existir neste mundo!

- Na próxima semana, os pais vão regressar e eu não vou contar nada do que aconteceu comigo, nem tu! Por isso, faz o que eu te mando, antes que eles tenham que abandonar mais uma filha.- Sem remorso, sem peso de consciência, Filipa voltou a deitar-se. Parece que, depois do que aconteceu ontem, os seus níveis de malvadez para com joana aumentaram. Joana sai do quarto sem dizer nada, fechando a porta. Marta olhou para joana e, pela cara dela, sabia que Filipa não tinha mudado de ideias. Realmente, ela queria a irmã longe de Hevandrique.

- Ela devia estar fraca e sensível. Como é que uma pessoa que acabou de passar por uma situação traumática destas, consegue manter-se tão relaxada assim?

Olhos castanhos

Luís chega e vê o primo sentado de costas, mandando uma mensagem no seu telemóvel, com um copo de água ao lado. Sentou-se junto dele, pedindo ao empregado de mesa um copo de cerveja.

- É uma pena que não possas beber.- Diz Luís, tentando animá-lo, já que Joana lhe pediu um tempo e António nunca mais lhe dirigiu a palavra desde a discussão no hospital.- Aqui estás tu, tentando afogar as lágrimas com um copo de água. Aposto que estás a mandar mensagem ao António. Tu és um gajo surpreendente. A tua miúda dá-te com os pés e tu só pensas em falar com o António. Mas que tipo de relação vocês têm?

- Não acredito que ainda tens ciúmes de nós!- Ironiza Hevandrique.

- Obrigado.- Agradece Luís ao empregado, que lhe entrega o copo de cerveja. Dá um gole enorme.- Eu estava mesmo com muita sede.

- Aposto que sim.- Diz Hevandrique, concentrado no seu telemóvel. Mas Luís arranca-lhe o telemóvel da mão.- Devolve-me isso.- Exige Hevandrique, com cara séria. Luís lê a mensagem e devolve-lho, abanando a cabeça, com um sorriso.- Tu és mesmo louco. Ainda tinha esperança que estivesses a falar com ela, mas no fim é sempre o António.

- A joana só precisa de um tempo com a família. Já o

António está irritado comigo.- Diz, suspirando.

Uma rapariga sentou-se na mesa à frente da deles. Era bastante bonita. Com olhos verdes a refletirem na sua pele castanha e nos seus cabelos encaracolados. Parecia uma boneca. Os seus lábios carnudos. Eram capazes de seduzir qualquer rapaz. Luís segue-a com o olhar, sem conseguir desviar um momento que fosse. Quando ela decidiu levantar os olhos do seu telefone, olhou diretamente para a mesa deles, deixando Luís nervoso e encavacado. E ao reparar que ele estava interessado na rapariga, Hevandrique sorriu.

- Não precisas de desviar o olhar, só porque ela está a olhar para nós.

- Aposto que está a olhar para ti.

- Eu sei que sou mais bonito, mas desta vez ela está a

olhar para ti. Parece que, pela primeira vez, uma miúda preferiu os teus olhos castanhos aos meus.~ Diz Hevandrique, dando pequenos empurrões ao primo, para que olhasse para a rapariga.

~ Pára com isso.~ Hevadrique levanta~se e vai ter com ela, deixando Luís ainda mais nervoso. Ao fim de uns minutos, ele volta com uma cara séria e senta~se, sem dizer palavra.~ Tu não vais dizer nada?~ Diz Luís, olhando de relance para ela, que continuava à volta do telemóvel.

~ Ela está à espera do namorado.~ Luís suspira e dá um golo na cerveja, decepcionado.

~ Estou a brincar!~ Sorri Hevandrique.

~ Se tu não fosses doente, eu matava~te!

~ Calma!

~ Ela deu~me o número de telefone e disse que eu

poderia dar-to.

- A sério?

- Claro.

- Mas eu não te vi a apontar nada.

- Tu sabes que minha memória é um computador.

- Se não parecesse maricas demais, dava-te um beijo

agora.- Diz Luís, com um sorriso de orelha a orelha.

Hevandrique agarrou no rosto do primo e beijou-o na

testa.- Pára com isso, seu maluco!- Diz Luís, limpando

o beijo do primo e olhando envergonhado para a

rapariga, que ao ver os dois, sorriu.

Abraçando a filha

Ao fim de duas semanas, Hevandrique foi finalmente falar com António. Quando chegou ao seu escritório, ele não estava lá. Sentou-se na cadeira do amigo, olhando para o seu escritório, todo organizado. Aquele espaço era, realmente, a cara de António, o homem mais organizado à face da Terra. Para conseguir ser seu amigo, ele também teve que se tornar muito mais organizado. Hevandrique abre o computador e vê uma foto dos dois quando ainda estavam na faculdade, numa altura em que ambos eram caloiros. A imagem fê-lo sorrir e viu que, mesmo depois da briga, António manteve a foto dos dois.

O amigo entra no escritório e fica assustado ao ver Hevandrique. Ele fecha o computador de imediato.

- Oi!- Cumprimenta Hevandrique, levantando-se. António senta-se no sofá, suspirando, enquanto que Hevandrique volta a tomar o seu lugar na cadeira, ficando a apreciar o amigo, que nada dizia.

- Eu e a Marta combinámos sair.- Diz António. Hevandrique ficou apenas a olhar para ele, sem saber o que dizer.- Tu não vais dizer nada?

- Ainda bem, fico muito feliz.- António sorri. Olha para o teto, olha para o amigo e volta a olhar para o teto, exibindo um semblante triste.

- Ela disse que tu não sabias de nada e que foi algo muito rápido, que nem ela entendeu o porquê, mas que não foi uma paixão, apenas uma atração superficial que a deixava um pouco confusa, por isso, se quiseres continuar a ser meu amigo, tenta não voltar a ficar com ela a sós.- Diz António, com ar sério.

- Prometo.- Responde Hevandrique, a sorrir.- António levanta-se e estica o braço, e Hevandrique vai de encontro ao amigo, dando-lhe um abraço.- Não apertes muito que ainda estou com dores nos ossos.- Brinca Hevandrique.

- Acho que desta vez eu exagerei, deixa-me olhar para o teu rosto.- Diz António, observando o rosto de Hevandrique e dando-lhe uma chapada de seguida.

- Au! Mas acho que da outra vez foi bem pior. Pelo

menos agora não precisei de ficar internado.

- Já estás muito melhor, acho que já posso dar-te uma

nova surra.- Brinca António.

- Mais uma surra tua, eu não aguento. Só mais uma e

eu vou contratar um guarda-costas para andar

comigo.

- Desculpa-me por isso.- Diz, abraçando o amigo.

- Eu acho que mereci, esta vida de ser bastante

lindo...- António dá um aperto a Hevandrique, que

grita por socorro, na brincadeira.

3 De repente, ouvem-se gritos e eles saem

imediatamente do gabinete, tentando seguir o som dos

gritos. Quando Hevandrique vê Thiago, tentando

soltar-se de um dos enfermeiros.

- O que aconteceu?- Pergunta Hevandrique, indo ao

encontro de Thiago, que chorava desesperadamente.

- Eles vão desligar hoje as máquinas! Os pais deram a autorização, mas eles não podem fazer isso!- Diz Thiago, sentando-se no chão, chorando sem controlo.

- Calma.- Diz Hevandrique, dando-lhe um abraço.

- Como é que eles fizeram isso? Por favor, faz alguma coisa, por favor…

- O que aconteceu?- Pergunta António a um dos enfermeiros.

- Nós vamos desligar as máquinas, a família deu o consentimento para tal.

- O miúdo está muito nervoso e aposto que a família não está cá, porque não querem, com certeza, assistir à morte do filho. Porque é que não fazem isso mais tarde, enquanto, para já, nós tentamos acalmar o miúdo?

- Está bem, doutor.

- Por favor, doutor...- Suplica Thiago, aproximando-se de António, de joelhos.- Ele ainda nem completou dezanove, ele só tem dezoito anos, como é possível que ele vá morrer? Por favor, não deixe isto acontecer.- António ficou a olhar para Thiago, sem conseguir responder-lhe. Visto que a família já assinou, ele nada mais poderia fazer, principalmente, quando o paciente não dá nenhum sinal de melhoria, como no caso de Tomás.- Por favor...- Hevandrique agarra Thiago, tentando levantá-lo do chão e ajudando-o a sentar-se.

- Calma, a única solução vai ser tentar falar com os pais dele, não poderemos fazer nada mais do que isso.

- Mas isso é um crime, isso é eutanásia! Eu nunca soube que, cá em Portugal, isso era legal, como é que alguém pode decidir quem vive e quem morre? Isso não é justo, ele pode acordar.- Diz Thiago, afogado em lágrimas.

- O problema é que as chances são minúsculas e, no caso de Tomás, a medicina não dá nenhuma esperança.

- Tu também achas que têm que desligar as máquinas?- Pergunta, olhando para Hevandrique com o rosto mais penoso do mundo.

- Olha para o teu amigo, imagina que, de repente, ele sofre um acidente e os médicos dizem que têm que desligar as máquinas, tu desligavas? Me diz, por mais que as chances forem pequenas!- António e Hevandrique olharam um para o outro e se colocaram no lugar de Thiago, conseguindo compreender o seu sofrimento.

- Claro que não. Eu também quero que ele acorde,

mas as únicas pessoas que podem salvá-lo são os pais, a sua família. Eles é que têm que voltar atrás na decisão e impedir que as máquinas sejam desligadas.

- Acompanhas-me à casa dele?- Hevandrique fica sem saber o que responder.

- Isso é um pouco complicado.

- Por favor!- Ao ver a aflição de Thiago, a única coisa que Hevandrique poderia fazer era acompanhá-lo à casa dos pais de Tomás.

- Podes ir, eu vou tentar falar com os enfermeiros para que eles não desliguem já as máquinas.

Quando chegaram, estavam cerca de vinte pessoas na sala, uns chorando e outros rezando. Os móveis estavam todos encostados à parede, para que todos pudessem dar os pêsames à sua mãe. Entraram e viram uma foto de Tomás sorrindo em cima da mesa e outras espalhadas em cada canto da casa.

- Vem, que ela deve estar no escritório.- Thiago acompanhou Hevandrique até ao escritório, que estava aberto, dando para ouvir o choro da mãe de Tomás.

- Thiago?- Diz ela, com os olhos cheios de lágrimas.

- Por favor, Katia, eu imploro-lhe, não faça isso, não desligue a máquina. Ele é o seu único filho e se eu tenho esperança, com certeza você também deve ter… Você é mãe dele, não deixe que ele morra assim, deixe ele decidir. Se ele está em coma, é porque ele ainda está a tentar lutar pela vida dele.

Katia levanta-se e aproxima-se de Tomás, acariciando-lhe a cara e olhando-o com dó. Ela sabia que, para além dela e do seu marido, a pessoa que mais sofria com a situação do filho era Thiago. Só ele sabia a dor que ela estava a passar.

- Eu queria tanto, mas ele não dá nenhuma esperança, lamento muito.

- Por favor!- Implora Thiago, já chorando.- Vamos esperar, pelo menos, mais um mês, por favor, eu posso falar com os meus pais, eles vão aceitar ajudar-vos financeiramente.

- Oh meu querido... Esse não é o problema. Os médicos conversaram conosco e disseram que ele nunca mais acordaria.

- Por favor, vamos, pelo menos, dar-lhe mais uma chance, por favor, eu sei que você também quer, eu quero, o seu marido quer, ele também quer.- Diz, apontando para Hevandrique.

- Mas, neste momento, já devem ter desligado as máquinas.

- Ainda não, eu os impedi. Agora você pode ir lá e pedir para anular.- Katia abanou a cabeça e disse que sim. Thiago respirou fundo, dando um abraço a Hevandrique.

6 Joana estava em casa dos pais já há mais de um mês, ganhando coragem para contar sobre a sua situação. Não queria que, numa discussão com Filipa, ela acabasse por contar. Por mais que ela dissesse que não contaria, ela não podia apenas contar com a sua palavra, e também não poderia ficar longe de Hevandrique para sempre. Este tempo sem ele foi uma eternidade e ela precisava de voltar a vê-lo. Foi até ao quarto dos pais, onde a mãe estava penteando o seu cabelo, preparando-se para ir à igreja. O seu pai, sentado a organizar a sua mala. Joana entrou, ficando parada à porta, tentando ganhar coragem para falar

com eles.

- O que foi filha? Tu tens que te preparar, senão vamos chegar tarde.- Diz a mãe.

- Eu preciso de falar convosco.- Diz, encostando-se, ficando parada ao pé da mãe. O pai olhou para ela, intimidando-a, mas Joana estava decidida. Respirou fundo, fechou os olhos e confessou que tinha VIH. O rosto do pai não tinha mudado, continuava a olhar para ela da mesma forma e não disse nada. A expressão da mãe, por outro lado, alterou-se por completo, olhando para a filha apavorada.- Eu sei que vocês vão renegar-me.- Diz, sem conter as lágrimas.- Sei que, talvez, nunca mais vou olhar para vocês, porque eu não segui os ensinamentos que me deram, principalmente em relação à virgindade, mas eu não conseguia esconder-vos isso para sempre, tinha que vos contar. Perdoem-me.- A mãe tentou falar, mas o choque era tal que não conseguiu. Por fim, o pai modificou a expressão, exibindo um rosto apavorado.- Vocês não vão dizer nada?

- Como é que isso aconteceu?- Pergunta o pai.

- Por causa de um rapaz. Eu não sabia que ele estava contaminado e ele transmitiu-me a doença, só mais tarde é que eu soube, quando ele ficou extremamente doente.- O pai massajava o rosto, sem saber o que dizer. Já a mãe, levantou-se e abraçou Joana.

- Lamento muito, filha, lamento por teres que enfrentar isso sozinha.

- Larga-a!- Diz o pai, levantando-se, nervoso. E deixando tanto Mafalda como Joana assustadas.- Estás feliz agora? Bem que eu não queria que saísses de casa. Eu sabia que este mundo era bastante cruel para tu o enfrentares sozinha.- Diz Rui, chorando.- Por favor, sair.

- Eu sabia que isto iria acontecer, tal como afastaste o meu irmão, vais fazer o mesmo comigo. És um pastor, mas julgas-te Jesus Cristo, com direito a julgar todo o mundo.

- Não fales assim comigo!- Grita Rui, levantando-se em direção a Joana, deixando-a assustada, enquanto Mafalda chorava.

- Como é que queres que eu reaja, ao saber que a minha filha, que a minha menina, tem essa doença? Como? Diz-me! Eu não te vou afastar, o teu irmão foi-se embora, porque ele preferiu as drogas ao invés de nós, eu nunca o abandonei, agora como é que tu, minha filha...- Rui ajoelha-se, chorando, com o coração desolado. Joana também se ajoelha, dando um abraço ao pai.

- Lamento muito, pai. Lamento muito, perdoa-me por isto.

- Eu só queria que os meus filhos fossem felizes, mas parece que eu agi mal na hora de vos educar.- Diz, abraçando a filha.

- Tu deste-nos a melhor educação do mundo, só que o mundo em si é cruel, a culpa não é tua, me desculpa, pai.

Um beijo na testa

Joana queria correr para os braços de Hevandrique, mas antes precisava de fechar um capítulo da sua história, que ainda estava aberto. Foi até ao hospital onde viu Martino pela última vez, e onde soube, pela primeira vez, que tinha VIH. A última vez que o vira, Martino estava com bastante febre e uma infeção no pulmão, que o deixava fraco e sem respirar de forma autónoma.

Ao entrar no hospital, o seu coração doeu. Era um hospital que lhe trazia lembranças muito tristes.

Coisas que ela queria, de alguma forma, esquecer, mas depois do perdão dos pais, ela precisava de falar com ele, antes que fosse tarde demais. Joana não sabia se ele ainda estava lá. Ele poderia até ter ficado apenas algum tempo e saído pouco depois, mas ela queria encontrar Martino e a única pista que ela tinha era aquele hospital.

3 Joana sentou-se por alguns instantes, para ganhar forças, para poder perguntar por Martino. Ele poderia estar morto, e isso era uma coisa que a assustava bastante. Por mais que Martino tenha feito algo terrível com ela, já não lhe desejava a morte e queria que, se ele não estivesse na cama daquele hospital, que, pelo menos, estivesse bem de saúde, tendo deixado de viver contaminando mulheres nas discotecas.

~ Muito boa tarde, eu queria falar com o paciente Martino Ferreira da Silvava.~ A enfermeira olhou para a lista dos doentes e disse que ela poderia subir ao quarto 300. Até o número era assustador. O coração de Joana batia descompassado. Ao ver o número do quarto de Martino, ficou na parte de fora por algum tempo sem ter coragem de entrar. Ela sabia que precisava de entrar, mas tinha bastante medo do que poderia encontrar do outro lado. Era uma ala muito escondida e parecia ser para doentes em fase terminal.

~ Boa tarde.~ Diz uma enfermeira, entrando para o quarto. Joana, de uma maneira estranha e com suor no rosto, deu um passo em frente e entrou no quarto de Martino. Ficou com lágrimas nos olhos ao vê-lo naquele estado. Há mais de um ano que ela não o via e nunca pensou que ele pudesse estar daquela maneira. Joana aproximou-se e ele estava a dormir. A pele enrugada, pálida e magra, tinha manchas pretas por todo o corpo. Os seus ossos estavam todos à vista, de tão magro que estava. Joana chorou. Até então, ainda tinha uma leve esperança que lhe dissessem que Martino já não estava no hospital. Ela já o tinha perdoado, de certa maneira, mas vê-lo naquele estado, doente e indefeso, com uma fralda, nem parecia o homem maravilhoso que a tinha encantando. Joana pegou-lhe na mão e ele acordou. Ao ver Joana, sorriu, deixando-a com o coração apertado e derramando ainda mais lágrimas.

- Olá.- Cumprimenta ele, já com as forças a faltar, mas sempre a sorrir. Ele não era muito de sorrisos, mas, naquele momento, não parava de fazê-lo.

Desde que abriu os olhos e viu Joana, colocou um sorriso nos lábios, que não tirou mais, mesmo vendo Joana lavada em lágrimas.

- Olá.- Retribui Joana, tentando não chorar como um bebé.

- Desculpa-me, mas eu não consigo sentar-me para falar contigo.- Diz ele, com uma voz cansada. Parecia estar a fazer um esforço enorme para conversar.

- Não faz mal.- Diz joana, sentando-se numa cadeira que lá estava, ao lado da cama.

- Pensei que nunca mais te veria, ainda bem que vieste. Muito obrigada por teres vindo, eu sabia que isso ia acontecer.

- Claro que sim.- Diz Joana, olhando para ele com dó e o coração apertado. Naquele momento, ela não sentia um só pingo de ódio nem ressentimento por ele, apenas pena. Uma pena tão grande, que ela só conseguia chorar.

- Eu queria pedir-te desculpa. Não só a ti, mas a todas as raparigas que eu também contaminei. Eu fui um monstro, fiz a pior coisa que um ser humano pode fazer, e agora eu estou a pagar por tudo. Sei que isso não tem justificação, mas eu odiava todas as mulheres, e tudo por causa de uma mulher, que não tem nada a ver convosco.- Martino respirou fundo, com alguma dificuldade.- A minha mãe consumia drogas. Quando o meu pai a deixou, ela piorou. O meu pai levou-me a mim e aos meus irmãos para viver com ele. Quando eu tinha quinze anos, eu sempre gostei de ir visitar a minha mãe, não gostava de a deixar sozinha. Um dia, o meu pai levou-nos para a casa dela, dormimos lá e ela contaminou-nos com o vírus, introduzindo o seu sangue com uma agulha nas nossas veias, suicidando-se logo de seguida, com um tiro na cabeça. Deixou um bilhete ao meu pai, dizendo, espero que tenhas uma boa vida. O meu pai ficou desesperado, ao saber que os seus três filhos estavam contaminados. O meu irmão de 6 anos morreu um ano depois e o outro também morreu, três anos depois. O meu pai começou a beber muito, tornando-se alcoólico. As nossas vidas foram destruídas por causa daquela mulher, a quem eu chamava de mãe. Que amei e chorei. Quando ela morreu. Depois de algum tempo, o meu pai também se suicidou, deixando uma carta pedindo desculpas a mim, por me deixar sozinho. Aquilo deixou-me tão, mas mesmo tão frustrado, que decidi vingar-me em todas as mulheres. Não sei dizer, ao certo, quantas pessoas eu infectei, mas posso dizer que foram muitas, no mínimo vinte mulheres, que também podem ter infectado outras pessoas. Eu saía com várias mulheres, fazendo com que elas confiassem em mim e, quando eu conseguia infectá-las, desaparecia da vida delas, sem dar uma única explicação. Foi assim que eu vivi a minha vida, fazendo mal a todas as mulheres com quem eu me envolvia, por isso, não chores, porque isso vai me deixar mais triste ainda, porque eu não mereço as tuas lágrimas, já que Deus me concedeu o meu último desejo de poder pedir-te desculpas e, principalmente, por tu estares bem.- Aí Martino virou-se, olhando para Joana, que chorava copiosamente.

6 - Neste momento, eu estou a viver os últimos dias da minha vida. Só consigo arrepender-me de tudo o

que fiz. Não consegui contactar nenhuma delas, porque estou enfiado neste hospital desde o ano passado. A minha situação piorou muito, porque eu deixei de me cuidar, estou com várias doenças no meu corpo, os médicos não me dão esperanças para viver um novo dia e sempre ficam surpreendidos quando entram neste quarto e eu ainda estou vivo. Isso quer dizer que, a qualquer momento, eu posso morrer, mas acho que eu estou vivo ainda porque Deus me deu uma chance de poder pedir desculpas, pelo menos, a uma de vocês.

- Lamento muito.- Diz Joana, pegando na mão de Martino.

- É tão bom sentir mais uma vez o teu toque.- Diz ele, mais uma vez, sorrindo.- Pode parecer mentira, mas tu foste a mulher que eu mais gostei. Foste a mulher com quem eu fiquei mais tempo, mesmo depois de eu já ter te contaminado, e foste a única que eu me arrependi. Ainda naquela altura, sei que é difícil, mas espero que tenhas uma vida boa, que possas encontrar alguém e que não sofras preconceito nenhum.~ Diz Martino, com os olhos marejados de lágrimas.

- Eu tenho uma vida boa. Conheci um bom rapaz, que também tem a doença, mas nós vivemos como se não tivéssemos. Somos um casal normal, que gosta de sair e de estar com os amigos. Como costumam dizer, há bens que vêm por mal e males que vêm por bem. Talvez, se eu não apanhasse a doença, nunca o conhecesse. Por isso, às vezes, eu digo que eu sou feliz tendo esta doença. Portanto, eu perdôo-te por me teres infectado, e espero que tu também possas te perdoar. Eu sei que não posso te perdoar no lugar das outras mulheres mas, lá bem no fundo, nós também deveríamos cuidar-nos melhor. E também espero que todas elas estejam bem. Eu sei que estão.- Diz Joana, apertando novamente a sua mão e chorando como uma criança.

Martino sorriu, como que se despedindo. Os seus olhos encheram-se, mais uma vez, de lágrimas e ele fechou-os, como se estivesse dormindo. Joana sabia ele estava morto. Ficou a olhar desoladamente para ele, sem saber o que fazer. Uma das enfermeiras notou e chamou um médico, que confirmou o que Joana já estava à espera. Martino tinha falecido. Joana não aguentou e chorou tanto, que o seu peito parecia que poderia explodir, de tanto sofrimento. Nem ela sabia porque chorava tanto por um homem que lhe fez tanto mal, mas ela tinha uma tamanha pena, que não conseguia explicar. Ela sofreu, mas existem pessoas que sofreram mais do que ela e, com certeza, essas pessoas eram Hevandrique e Martino.

Joana apareceu na casa de Hevandrique bastante desolada, chorando ainda e, toda molhada, por causa da chuva. Hevandrique deu-lhe um abraço e levantou-a, levando-a para a cama, cobrindo-a com vários lençóis para a aquecer, ligando o aquecedor.

- O que foi?- Joana mal conseguia falar por entre o choro e, Hevandrique não conseguia compreender o que tinha acontecido.

- Eu fui ver o Martino, o homem que me contaminou. Nunca pensei que o ver a morrer... me deixasse tão mal.- Acaba por contar, entre soluços.- Eu pensei que sofri, mas, na verdade, tu e ele sofreram muito mais do que eu. Eu sempre tive pessoas para me apoiarem, mas ele não. Cresceu sozinho e foi a própria mãe que o infetou, por ódio ao pai. Como é que uma mãe pode fazer tamanha maldade ao seu próprio filho? Eu amo-te, por favor, nunca cometas nenhuma loucura por causa desta doença.

- Eu prometo.- Sussurra Hevandrique.

⁹Martino foi enterrado e só estavam presentes Joana, Hevandrique, Marta, António e Luís. Mais ninguém apareceu para a despedida e não conseguiram encontrar nenhum membro da sua família. Se Joana não o tivesse encontrado no momento em que o encontrou, somente estariam os médicos, uma enfermeira e o padre. E mais ninguém. Até uma das enfermeiras disse que, durante este ano em que ele esteve internado, não recebeu uma única

visita. Nem amigo, nem familiar, nem namorada. O que o matou foi a solidão. Claro que já era difícil ele conseguir superar a doença quando deu entrada no hospital, mas era possível quiça. Só não conseguiu superar a doença por causa da culpa e da solidão que sentia. E Joana não se aguentava, de tanto chorar. Ela nunca pensou que choraria tanto por pena de alguém e só pensava que isso também poderia acontecer com ela, se não tivesse a sua família, Hevandrique ou Marta. O mesmo poderia também acontecer com Hevandrique, e isso deixava-a apavorada.

- Onde está a tua namorada?- Pergunta Luís.

- O que vieste aqui fazer?- Pergunta Hevandrique.

- Talvez pela culpa de ter feito aquilo com a irmã dela, sei lá, também não sei explicar.- Hevandrique sorriu, olhando para o primo.- A joana?

- Ela queria ficar um tempo sozinha com ele.

- Isto vai parecer um pouco insensível, mas tu não estás com um pouco de ciúmes dele? Tudo bem que ele passou por muito, mas ver a minha miúda chorar por outro desta forma, não é algo muito agradável de se ver.

- Eu sentiria ciúmes se fosse o António, chorando por outro amigo assim.- Brinca Hevandrique.

- Sabes que já legalizaram o casamento gay? Não sei porque é que vocês se continuam a esconder.

- Ele diz que prefere ter-me como amante.

- Acho melhor acabarmos esta conversa.- Remata Luís, acendendo um cigarro. António puxou o cigarro de Luís e apagou-o no chão, com o bico do sapato.

- Tu sabes que isto lhe faz mal a ele e, mesmo assim, ainda fumas.

- Aí está o teu namorado a tentar proteger-te.

Joana regressou, caminhando devagar, até alcançar o grupo, ficando de mãos dadas com Hevandrique, que lhe deu um beijo na testa.

- Vamos?- Pergunta Hevandrique.

- Claro.- Diz Joana, sorrindo pela primeira vez em dois dias.- Joana percebeu que o VIH é uma doença que todos temem e odeiam mas, mesmo assim, ela é mais feliz com ele do que quando não o tinha. Por incrível que pareça, depois de contar aos seus pais, eles ficaram mais próximos dela e construíram uma relação mais bonita. Pela primeira vez, o seu pai falou em procurar o irmão, porque, de uma forma estranha, ele também notou que, se ele não apoiar os filhos na doença, a coisa ainda pode piorar e Rui estava disposto a recuperar o filho.

O casamento

Joana estava nervosa. Não só porque haveria de subir ao altar, mas também porque o seu noivo ainda não tinha chegado e ela já estava pronta. Ela decidira que não se iria atrasar nem um único minuto. Mas parece que Hevandrique decidiu o contrário.

- Calma, que ele vai chegar.- Diz Marta, tentando acalmá-la.

- Eu mato aquele desgraçado. Porque é que ele não me avisou que não se queria casa?- Dispara Joana, já com raiva e os nervos à flor da pele.

- Estás muito bonita.- Elogia Luís, apoiando-se na
porta do carro.

- Onde está o teu primo?- Pergunta Joana, já sem
conseguir esconder o nervosismo.

- Eu avisei que ele prefere o António, acho que eles
fugiram juntos, porque nenhum dos dois está no altar.
Nem o padrinho nem o noivo.- Joana lança um olhar
fuzilador a Luís e ele vai-se embora sem dizer mais
nada.

- Tenta ligar ao António.- Diz Joana à amiga.

- Eu já tentei, mas ele não atende e o número do
Hevandrique está desligado.- Artur, o irmão de joana,
saiu já aflito, perguntando à irmã pelo noivo.

- Eu também estou a tentar entrar em contacto com
ele.- Diz Joana.- Se ele não aparecer, não te
preocupes. Eu não estive este tempo todo na tropa

para nada, eu acabo com ele.

- Só tu! Quando todos pensavam que te iriam encontrar numa clínica de reabilitação, afinal estavas na tropa.- Diz Marta.

- Não é hora de ficares a admirá-lo, é hora de o meu noivo e o padrinho aparecerem.

- Será que eles não fugiram mesmo juntos?

- Pára!

- Desculpa, só queria quebrar o gelo.- Diz Marta.

    - O noivo chegou.- Anuncia Mafalda.- Joana respirou fundo. Após uma hora de sufoco, Hevandrique apareceu. De tando transpirar, Joana já não tinha a maquilhagem, nem sequer o véu, que arrancou com o nervosismo. Naquele momento, Joana nem pensou em voltar a colocar o véu. Chamou o pai e subiu ao altar. Pior que ela, só mesmo o noivo, que apareceu com a roupa do hospital, parecendo que iria trabalhar, mas, naquele momento, Joana só queria casar com o homem que amava. Foi ao seu encontro e deu-lhe um abraço apertado.

- Eu pensei que tu irias atrasar-te, normalmente, as noivas atrasam-se!

- Já agora, onde é que tu estavas?- Pergunta Joana, já no meio do altar.

- Não é melhor casarmos primeiro?

- O Tomás acordou do coma hoje e, não sei porquê, mas ele queria muito te ver casar.- Diz António.

Joana olha para trás e vê Tomás sentado numa cadeira de rodas ao lado de Thiago. Vieram-lhe lágrimas aos olhos. Ela nem consegue acreditar que ele estava vivo e parece que ela não era a única feliz naquela igreja, todos estavam felizes, até as pessoas que pensaram que nunca mais seriam felizes. Naquele momento, pelo menos naquele instante, todos estavam com um sorriso dos lábios. Joana e Hevandrique pelo casamento, Thiago porque o seu grande amigo acordou. Os pais de Joana poque o seu filho voltou e a sua filha vai casar. Todos os seus companheiros do grupo do VIH estavam lá, também felizes, com as suas famílias. Após vislumbrar esta visão de felicidade, Joana só conseguiu dar meia volta e ajoelhar-se, para que o padre a casasse com Hevandrique.

Lightning Source UK Ltd.
Milton Keynes UK
UKHW041955260421
382682UK00001B/128

9 781034 154532